Al Tercer Día

Juan Carlos Cruz Samperi

Título: Al Tercer Día

Sub-título: ...Porque el tiempo no tiene marcha atrás...

ISBN # **978-1-955201-05-6**

Para cualquier solicitud, escribe a:

Email: jcruzutah@hotmail.com

https://www.facebook.com/juancarlos.cruzsamperi

Primera Edición

Impreso en USA

Acerca del Autor

Juan Carlos Cruz Samperi

(Jalisco-México, 1984)

En esta primera novela, nuestro autor nos introduce en un juego exquisito entre ficción y realidad, permitiéndonos explorar diversos aspectos relacionados con el amor, el compromiso, la atracción sexual y la fidelidad.

Residenciado en Utah-USA desde hace quince años y felizmente casado en la actualidad, Juan Carlos Cruz Samperi comparte su tiempo entre su familia, sus emprendimientos e inversiones y su formación en el área del Crecimiento Personal.

En esta obra, refleja su interés por abordar nociones que, si bien no se discuten abiertamente, forman parte del día a día en materia de relaciones.

Contenido

Presentación

En el libro que tienes en tus manos encontrarás una historia emocionante que pone en tela de juicio nuestra concepción del amor.

Basada en sucesos reales, los hechos que aquí se relatan cuestionan e interpelan al lector sobre su posición con respecto a las relaciones abiertas, la monogamia, la poligamia y las diversas manifestaciones de plenitud sexual en las que puede desenvolverse un ser humano.

No existe una manera única de entender el amor; es más bien como un caleidoscopio de colores, que puede formar distintas imágenes según el cristal a través del que se observe, y esto no lo hace ni mejor ni peor.

Todos hemos crecido bajo las pautas de una sociedad moralista que impone la monogamia como el único marco aceptable para las relaciones de pareja.

Sin embargo, al revisar la historia de este precepto encontramos motivos para cuestionarnos muchas de las decisiones que tomamos en nuestra vida, sin preguntarnos si realmente obedecen a nuestros instintos naturales, conocimientos y reflexiones, o si son una simple repetición de patrones y normativas impuestas que, tal vez, ya resulten obsoletas.

Los orígenes de la monogamia tienen mucho que ver con las creencias religiosas y los tabúes de cada época; probablemente estas normas obedecían a creencias y supersticiones, pero también a conflictos causados por las necesidades de personas posesivas en el poder, quienes tenían la capacidad de instaurar leyes y preceptos para controlar a la sociedad.

Estas leyes fueron transmitidas de generación en generación sin ningún tipo de cuestionamiento, y quienes se atrevían a desobedecerlas sufrían penas o castigos terribles, incluyendo la muerte. Por ejemplo, la cacería de brujas durante el oscurantismo estuvo en gran medida incentivada por los celos de las mujeres casadas, quienes veían a las solteras como una tentación para sus esposos.

En el mundo animal, del que los seres humanos también somos parte, encontramos que las especies monógamas son muy pocas: algunos tipos de pingüinos, aves y uno que otro animal acuático; lo peculiar es que estos son la excepción y no la regla.

Sabemos que el ser humano no es monógamo por naturaleza; por el contrario, independientemente de que se trate de hombres o mujeres, siempre existirá la tendencia a tener múltiples parejas sexuales, ya sea como una fantasía, tal y como ocurre con la pornografía y el enamoramiento platónico, o a través de encuentros sexuales (efímeros o estables), consensuados como en el caso de las relaciones poliamorosas, o no consensuados como en el caso de las infidelidades...

El deseo está ligado directamente al instinto, y muchas veces funciona como un traductor de las necesidades del organismo.

¿Cuántas veces te ha sucedido que tienes antojo de algún alimento específico y no te sientes en paz hasta haberlo conseguido? Esto se debe a que tu cuerpo en su sabiduría, al carecer de algún nutriente, envía señales para indicarle a tu cerebro que debes obtenerlo.

Eso mismo sucede con el deseo sexual, que no es otra cosa sino el instinto animal de perpetuar la especie y generar un material genético más diverso, para procrear individuos más aptos. Sin embargo, el ser humano no es tan solo un animal instintivo movido únicamente por sus necesidades básicas, sino que es también un individuo que piensa, medita, reflexiona y tiene la capacidad de administrar su futuro.

A pesar de lo natural que podía resultar la poligamia en tiempos de las cavernas, con la llegada de la civilización, las distintas formas de organización sociales y familiares fueron mutando; esto no se debió al hecho sexual como tal, sino a las ideas de posesión y exclusividad que se esconden detrás del convenio matrimonial.

Entre la realidad y la imaginación, este relato arroja luces sobre otras maneras de interpretar la afectividad humana.

Juan Carlos Cruz Samperi

1. El mar de la ventana

Es sábado por la tarde y mis pequeños juegan en la arena, aunque las olas amenazan con derrumbarles su castillo; no sé por qué las personas dedicamos tanto esmero y pasión a cosas que no van a durar para siempre.

Ojalá existiera una escuela donde nos enseñaran a valorar lo realmente importante; pasamos años enfrascados en aprender un montón de cosas que, al fin de cuentas, no nos hacen más felices; buscamos satisfacer nuestras necesidades y deseos, sin saber que en el intento podemos estar atropellando a alguien más; alguien a quien amamos, y que nos ama.

Infelizmente, solo nos damos cuenta de esto demasiado tarde, cuando ya no hay vuelta atrás. No recuerdo cuántas veces mi esposa y yo planificamos este momento: ambos junto a nuestros hijos, viviendo frente al mar...

El ir y venir de las olas me recuerda cuántas dificultades tuve que sortear hasta que la encontré, y supe que entre sus brazos estaba en puerto seguro.

Los seres humanos no fuimos creados para ser perfectos, ni tampoco para ser fieles; no importa cuánto lo intentemos: tarde o temprano nuestros instintos comienzan a empujarnos en la dirección contraria, y es casi imposible resistirnos.

A las mujeres no les gusta hablar al respecto, pero todo hombre sabe que el amor no tiene nada que ver con la piel, y yo lo he comprobado en carne propia. Por eso, hoy quiero contarte mi historia.

Si eres hombre, tal vez encuentres en mis palabras una explicación a esos impulsos que a veces no logramos controlar, y que pueden echar por tierra nuestros logros más queridos: una familia, una esposa que nos ama, un hogar... Y si eres mujer, podrás comprender qué es eso que nos hace perder el control del ombligo para abajo, sin que signifique que estemos pensando en cambiarte por nadie más.

Este es un secreto a voces, del que nadie habla, pero que todos sabemos cómo funciona. ¿Por qué mejor no sincerarnos y llamar a las cosas por su nombre?

Mientras todas estas ideas revolotean por mi cabeza, veo pasar a la guapa vecina del pent-house. Es una especie de enigma: seductora y sensual, una hembra en todo el sentido de la palabra, pero aún así, nadie la ha visto nunca en compañía de ningún hombre, y ese misterio la hace aún más irresistible.

Puedo leer los pensamientos de todos esos lobos que desnudan con la mirada cada centímetro de su cuerpo ondulante; posiblemente, todos ellos están casados como yo, pero es bien sabido que aquello que se repite termina matando la pasión, y vivir sin pasión es el más imperdonable de los pecados... Aunque nos hayan hecho creer lo contrario.

La sociedad nos necesita obedientes, domesticados y bien portados, pero estoy convencido de que la pasión es precisamente lo que nos hace humanos; esa fuerza que nos impulsa a ir más allá de nuestros límites, más allá de nuestros miedos, más allá del mundo, persiguiendo un ideal.

En mi caso, esa búsqueda incesante siempre tuvo nombre de mujer.

Tal vez por carencia, como cuando te falta una vitamina y tu organismo en su sabiduría te indica dónde encontrarla para suplir su deficiencia, mi pareja ideal era un compendio de virtudes que nunca se encontraban juntas en la misma persona; por eso me convertí en un coleccionista de suspiros, un incansable conquistador...

– *¡Ricardo!*

La enfermera bonita del turno de la tarde me saca de mis reflexiones con sus reclamos de siempre...

– *¿Otra vez en la ventana? ¿Cuántas veces te hemos dicho que no debes estar ahí? Ven... Es hora de tus pastillas*

"Hora de mis pastillas"... La misma cantaleta de todos los días... ¿Qué no entienden? ¡No quiero tomarlas! Me paralizan los sueños; sin embargo, no tengo alternativa; aquí dicen que no estoy bien de la cabeza.

Me gusta mirar a través de esta ventana, porque cuando me asomo puedo ver nuestra playa y eso me tranquiliza, aunque no siempre estás ahí...

Aura... mi último y verdadero amor; su sonrisa fue y sigue siendo el mejor de mis trofeos.

Recuerdo perfectamente el día que la conocí: fui yo quien la divisó en medio de un mar de gente, y ella no supo de mi existencia hasta que me vi obligado a plantármele de frente, mientras me inventaba una excusa de último minuto para no parecer un tonto.

Desde que la vi, supe que no me iría a ningún lado sin hablar con ella, y así fue.

Siempre me he sentido fascinado por la magia y la mecánica de ese primer momento de atracción: ¿cómo ocurre? ¿qué hace que toda nuestra atención se dirija a esa boca, esos ojos, esa voz? Sin embargo, con ella fue todo eso y mucho más; adivinarla totalmente sólo con mirarla, pero ya estábamos entrando a la sala, y tuve que esperar hasta el final de la película más larga de mi vida para poder hablarle...

– *Hola... Oye, ¿sabes dónde está la salida?*
– *Claro... Sígueme, voy hacia allá...*
– *¡Gracias a Dios! Comenzaba a sentirme asfixiado... mucho gusto, soy Ricardo...*
– *Aura... mucho gusto...*

Recuerdo que me miraba con una mezcla de curiosidad y temor, como cuando contemplas al león en el zoológico, y por supuesto yo también experimentaba un cóctel de sensaciones: deseo y ternura en iguales proporciones.

El amor puede tener innumerables cuerpos, pero un solo rostro, y para mí era ella.

– *¿Me aceptas un café? Esa película me dejó muy consternado... No quisiera irme a casa con tantas ideas revoloteándome en la cabeza... Me ayudaría mucho platicar...*

Me sentí tan cómodo a su lado, que el temor de ser yo mismo se esfumó inmediatamente.

– *¿No te pareció demasiado cruel esa historia de amor?*– le pregunté.

– *Mira Ricardo, el amor es así: imperfecto; siempre hay algo que no encaja, alguna imperfección, pero a pesar de todo, se ama. Eso es justamente lo le da el encanto...*

¡Esa era ella! Me sentía tan identificado con su forma de pensar, que por momentos me asustaba; parecía que me leía el pensamiento, anticipándose a lo que yo podía sentir o querer...

¡Era real! ¡Existía! Era tan divinamente mujer, pero al mismo tiempo no pensaba como todas las mujeres: tenía su propio criterio acerca de las cosas, y eso me liberaba del enorme peso de tener que impresionarla.

Supe inmediatamente que con ella no necesitaba fingir; por fin había encontrado la manera de amar en paz, sintiéndome libre de ser yo mismo sin temor a ningún juicio, y de eso me enamoré.

– *La fidelidad* –me decía siempre– *es una consecuencia; no una obligación: ambos debemos encargarnos de mantenernos enamorados el uno al otro, y así no sentiremos la necesidad de buscar a nadie más.*

A pesar de ser tan fascinante e inteligente, a veces no era fácil comprenderle; nunca me celaba ni desconfiaba de mí, y por momentos eso me hacía sentir extraviado. Pude darme cuenta de que no hay nada más sexy y al mismo tiempo más aterrador que una mujer segura de sí misma, que se mueve a su ritmo porque sabe que no necesita ir detrás de ningún hombre, pues quien la tiene debe más bien preocuparse de no perderla.

Menos mal que eso lo comprendí desde el principio, y por eso me propuse no dejarla ir, o por lo menos, hacer todo lo posible para que no quisiera alejarse de mí; por primera vez tuve la conciencia de que el amor se construye con instantes.

El mayor error que podemos cometer es pensar que las personas nos pertenecen. ¡Al contrario! Nadie es de nadie, y precisamente por eso tenemos que conquistarnos a diario. No me cansaba de preguntarle:

– *¿Por qué no te conocí antes? ¿En dónde estuviste todo este tiempo?*

Ella me contó que había decidido encerrarse en su propio mundo, en vista de que nadie comprendía su forma de pensar; creía que no había un hombre que compartiera su forma de ver la vida...

El aislamiento suele ser el precio de atreverse a tener opiniones e ideas propias, de ir contra la corriente; esa es la razón por la que muchas personas prefieren tener una vida reversible: ante los ojos de todos, siguen al pie de la letra las convenciones sociales, pero de la piel para adentro, buscan los atajos de sus pasiones más secretas.

Después de aquel café vinieron muchos más, que desembocaban en su cama o en la mía, hasta que decidimos resolver la cuestión quedándonos con una; tengo que confesar que la veía dormir y me preguntaba qué cosa había hecho tan bien en la vida para que me premiaran con ella.

Cuando la encontré, yo estaba –una vez más– cayendo por el desfiladero de una nueva separación.

– *Ya he estado casado* –le confesé–, *no una, sino dos veces; no he sido ningún santo, pero tampoco el peor de los hombres: simplemente, el amor que no se alimenta se termina, y lo que queda luego es la rutina, la costumbre, el "deber ser" sin emoción; la inercia y la monotonía. Dime Aura, ¿crees que tú y yo podamos hacerlo diferente?*

Parece mentira que, después de tanta vida compartida, un buen día descubrimos que estamos durmiendo con el enemigo. ¿En qué momento el barco da el giro en la dirección contraria?

Todavía no he logrado descubrirlo, pero siempre me ha parecido algo trágico, porque el tiempo vivido no se repone, y las caricias no se pueden pedir de vuelta.

Bien lo dice Neruda: "es tan corto el amor, y es tan largo el olvido..."

– *Yo entiendo a los hombres* –me decías–, *porque nosotras los ponemos entre la espada y la pared: no los hacemos felices, y tampoco les permitimos buscar la felicidad; ¿has visto algo más egoísta que eso?*

Al principio yo no comprendía muy bien sus palabras, y hasta llegué a pensar que me estaba poniendo a prueba, pero era normal sentirme de ese modo después de haber pasado por tantas relaciones tormentosas en las que aprendí a censurarme a mí mismo para ser "querido".

Con ella era diferente; el nuestro era un presente perfecto en el que el tiempo permanecía suspendido.

– *¿Me vas a amar para siempre?* –le preguntaba.

– *Ricardo... recuerda algo: "para siempre" es ahora, es este momento que tenemos, que nos tenemos. Después, no sabemos...*

Esa era su filosofía: vivir el instante, pues al fin y al cabo es lo único seguro que tenemos, y además es pasajero... ¡No hay tiempo que perder!

Desde muy chicos, a los hombres nos entrenan para esconder lo que sentimos: "*¡Sécate esas lágrimas! Los hombres no lloran...*". "*¿Cómo que tienes miedo? Los hombres tienen que ser valientes...*". *Deja de quejarte; los hombres tienen que ser fuertes...*". "*¡Pégale tú también! Los hombres son machos y no se dejan...*"

Al hacernos adultos, se espera que no seamos demasiado rudos, pero tampoco demasiado sensibles; que digamos lo que sentimos, pero no demasiado fuerte; que seamos al mismo tiempo estables y aventureros; ahorrativos y espléndidos; salvajes, pero también domésticos... Muchas veces, al final del día, nos preguntamos frente al espejo en dónde quedamos después de cumplir con tantas expectativas ajenas.

Por eso, a pesar de ser un arma de doble filo, me impactó su independencia; yo sabía que en la misma medida que me dejaba ser libre, esperaba ser libre ella también, y eso era como caminar juntos en la cuerda floja: me mantenía irremediablemente aferrado a ella, pero no podía descuidarme ni un instante.

– *En vez de exigir libertad* –me decía–, *sólo debemos tomarla; nadie tiene que "permitirnos" lo que por derecho nos corresponde. Para mí, las mujeres que se quejan de los hombres, en el fondo no se sienten seguras de sí mismas, y buscan excusas para justificar su debilidad. La sociedad nos presiona tanto para ser sumisas, que cuando podemos ser verdaderamente libres no tenemos idea de cómo hacerlo. Muchas tienen miedo de verse como realmente son, y no como creen que deberían ser.*

Sus palabras eran asombrosamente ciertas: el ser humano es una suma de incompletitudes; vivimos atrapados en un macabro juego de roles donde la libertad es muy mal vista, y nos vemos obligados a adoptar un solo punto de vista sobre las cosas, teniendo que renunciar a todos los demás.

Los hombres lo resolvemos mintiendo, y las mujeres reprimiéndose, pero al final, el resultado es el mismo: un gran vacío interior que intentamos llenar desesperadamente: ellas tratando de hacernos cambiar... y nosotros siéndoles infieles, porque aunque lo ocultemos, no podemos ir en contra de nuestra naturaleza.

Todos deseamos en secreto; sin embargo, no hay delito en mirar; lo que vale es dónde estamos, y sobre todo, con quién.

A la mente masculina le gusta volar, pero una mujer inteligente siempre sabrá cómo traerla de vuelta; el problema está en que la mayoría viven ocupadas en adivinarnos el pensamiento, y se olvidan de aprovechar que estamos a su lado en carne y hueso.

¿Cómo definir a mi leal compañera de juegos y aventuras? Ella me demostró que la fidelidad no es más que la pasión bien administrada; amarla era amar a todas y cada una de las mujeres que la habitan, sin saber nunca cuál de ellas haría su aparición cada noche: si la dulce colegiala inexperta, o la dominatrix que me sometía a todos sus caprichos.

– *La mente es nuestro verdadero órgano sexual*– me susurraba mientras cubría mis ojos y se montaba sobre mí, obligándome a serle infiel con ella misma.

Su voz, su aroma, su peso, su sabor... todo era diferente cada vez, y me acostumbré a volar sin miedo, porque al regreso del éxtasis, ella siempre estaba allí, esperándome despeinada y sonriente.

No... no quiero separarme de la ventana... La presiento; sé que va a llegar en algún momento, y no quiero perderme el espectáculo de verla aparecer...

2. *Metamorfosis*

Mi madre se marchó cuando yo tenía 5 años, dejándome al cuidado de mi padre; crecí sintiéndome pobre, pero no porque me faltaran cosas materiales, sino porque sufría otro tipo de carencias.

Recuerdo que en la escuela, muchos de mis compañeros no tenían papá, pero a ningúno le faltaba su mamá, excepto a mí, y eso era una verdadera anormalidad.

Mis compañeros me miraban con una mezcla de compasión y sospecha, o al menos así lo sentía yo; era como si pensaran:

– *Tienes que haber hecho algo muy malo para que tu mamá te haya dejado...*

Crecí sintiendo una culpa constante que me generaba angustia e inestabilidad; ahora que lo pienso, diría que mi mundo era gris, y es que en la vida de un niño, es la mamá quien pone lo colores.

Mi padre me sacó delante de la mejor forma que pudo, pero había muchas cosas que él no podía brindarme como ella lo hubiera hecho.

Nunca supe muy bien la historia detrás del abandono de mi madre, pero crecí escuchando hablar de infidelidad, y tal vez por eso me hice una promesa:

– *Cuando yo sea grande me voy a casar, y nunca, nunca voy a engañar a mi pareja…*

Siempre tuve eso en mi mente, porque fue lo que me enseñaron en casa; yo sentía que tenía que ser un niño muy bien portado, como si estuviera en deuda con el mundo por los errores de alguien más.

Así llegué a la adolescencia, y todas mis convicciones fueron puestas a prueba.

A mis 16 años tuve una novia a la que veneraba y amaba con locura; sin embargo, para nadie es un secreto que las chicas maduran más rápido que nosotros, o al menos eso dicen…

El caso es que yo era un chamaco hasta bien inocente, y confiaba ciegamente en ella. En ese entonces entré a trabajar en una compañía de trailers de carga, y me habían asignado una moto para las cosas del trabajo; todas las noches yo salía de la empresa y me iba a mi casa, pero un día me desocupé un poco más temprano, y se me ocurrió ir de sorpresa a visitarla.

Ella vivía en una esquina, y frente a su casa había un árbol de almendro rodeado de una rampita; mientras me acercaba en la moto, me pareció ver a una de sus hermanas en pleno romance con un chavo ahí, debajo del árbol; sin embargo, cuando les pasé al lado, pude ver que era ella… “mi novia”, tan emocionada en brazos de otro que ni siquiera se dio cuenta de que los había visto.

El corazón se me fue de rojo a blanco; me sentí tan devastado que sólo di media vuelta y me fui.

No la corté en ese momento; ella continuó llamándome y actuando como si nada, pero yo comencé a alejarme sin darle mayores explicaciones, y nunca le dije que sabía la verdad; pues no quería humillarme reconociendo que me sabía engañado.

Aquella imagen debajo del almendro quedó grabada dentro de mí; después de esa decepción, me quité de la mente la idea de ser fiel; se me hizo un concepto vacío, que carecía de sentido.

Acababa de morir aquel chico ejemplar que me había propuesto ser.

Me prometí a mí mismo que no pasaría más de una semana con una novia; no iba a comprometerme con ninguna chica, si podía tener varias a la vez.

El fin de semana siguiente me invitaron mis amigos a una fiesta, y a partir de ese momento empecé a consumar mi venganza.

Descubrí el poder de controlar mis sentimientos; comencé a tener fama de mujeriego, y curiosamente me convertí en el chavo más deseado: todas querían tratar de conquistarme; parecía una especie de reto para ellas, pero mi fórmula era infalible: una semana y no más... Así me mantenía a salvo de cualquier sentimiento.

Todo parecía ir muy bien, hasta que un día, una chica con la que había cortado hacía casi dos meses vino a buscarme en mi trabajo para decirme que estaba embarazada.

Para ese momento tenía yo 18 años, y su padre comenzó a presionarme para que me casara con ella.

Yo no conocía de leyes ni de derechos, pero ella aún era menor de edad y entendí que podía estar metido en aprietos. Se me ocurrió ir a una dependencia llamada Juzgado Familiar, en donde están los abogados públicos pagados por el gobierno para asesorar a las personas.

La licenciada que tomó mi caso me explicó:

– *Debes honrar tus responsabilidades en cuanto a la manutención de tu hijo, pero en cuanto a la madre, no estás obligado a casarte ni a convivir con ella.*

Fue un gran alivio descubrir que la ley era sensata y no me obligaba a asumir un compromiso que yo no quería, porque una cosa son los deberes, y otra muy distinta es el amor: nadie ama por obligación.

Me hice responsable de mi hija; la veía cada fin de semana y le pagaba su manutención cada mes, pero yo continué viviendo en mi casa.

Mientras tanto decidí concentrarme en mi trabajo, porque ahora más que nunca iba a necesitar harta lana para sacar a mi hija adelante. Es increíble cómo un instante nos puede cambiar la vida.

Esos meses fueron muy estresantes; por una parte, porque tuve que adaptarme a todo lo que significa ser papá sin habérmelo propuesto, y también porque aquella familia era muy insistente, y no dejaban de presionarme para que me mudara con mi hija y su madre, "como tenía que ser". Así, entre dimes y diretes, pasaron más o menos 6 meses.

Una tarde, al salir del trabajo, decidí ir a despejarme a una playa cercana. Venía de una jornada especialmente agotadora y sentía que todas las cosas se me juntaban; necesitaba desatar muchos nudos, no sólo físicos, sino también emocionales, pues parecía un volcán a punto de estallar.

Eran ya las cinco de la tarde; la hora perfecta, cuando el sol ya ha bajado su intensidad, pero la noche aún no hace su aparición. Decidí caminar por la orilla el tiempo que demoraba en fumar mi cigarrillo; en el agua brillaban reflejos multicolores que me enceguecían un poco, pero no lo suficiente como para no ver un espectacular cuerpo de mujer tendido deliciosamente en la arena.

Tal vez seguí fumando, o tal vez no; mis memorias se nublan hasta dejar visible únicamente el recuerdo de una cintura perfecta que acompañaba unas caderas generosas. Ni siquiera intenté desviar la mirada; ¿para qué?

Vivía mi día a día sometido a tantas presiones; ¿por qué evitar que algo así me sacara de mi jodida realidad por un instante?

Piel tersa, muslos redondos, y un olor a vainilla que no sé de dónde provenía; mientras me acercaba iba delineando esa silueta, como si quisiera tatuármela en las pupilas.

Ese momento fue una revelación para mí: a pesar de haberme convertido en un Don Juan adolescente, en el fondo esas experiencias solo me habían dejado un sabor amargo; no quería saber nada de andar con escuinclas, y aún no me conocía a mí mismo lo suficiente como para saber lo que realmente me atraía de una mujer.

Mientras me dejaba llevar por una oleada de sensaciones, la dueña de aquel arsenal de curvas se dio la vuelta al escuchar mis pasos...

– *¿Ricardo...?*

Definitivamente, Dios tiene un sentido del humor muy particular: la sirena que había hecho añicos mi mirada infantil era nada menos y nada más que mi brillante abogada del Juzgado.

– *¿Licenciada...?*

– *¡Qué sorpresa! No te había visto antes por aquí...*

– *Pasé por casualidad... ¿Viene mucho a esta playa...?*

– *Pues sí, vengo con frecuencia... Vivo aquí, muy cerca... por cierto, ¿cómo va tu caso?*

Me senté a su lado en la arena y comenzamos a platicar sobre mi situación legal; ella derrochando consejos y jurisprudencia, y yo luchando con mis instintos, mirando al horizonte para que mis ojos no se posaran en ella sin control.

Comenzaba a oscurecer cuando se levantó para despedirse, y yo hice lo mismo; siempre he sido un caballero, así que le ofrecí acompañarla hasta su casa…

– *Licenciada, ¿no le da miedo estar aquí sola?*

– *A ver Ricardo… ¿Cuánto hace que nos conocemos…? llámame Vero… Y no, no me da miedo.*

– *¿Tal vez un año…? No recuerdo…*

No sé si fue mi imaginación, pero me pareció percibir algo distinto en su voz, como si de pronto las palabras se hubieran vuelto más envolventes y cautivadoras; sin embargo, esa sensación duró apenas un instante.

– *Siempre vengo a esta hora; te agradezco que me hayas acompañado, ha sido muy dulce de tu parte. No lo había pensado, pero tengo unas cuantas tareas aquí en casa para las que me gustaría contratarte; ¿crees que podrías venir este fin de semana?*

Me sorprendió su comentario, y entonces caí en cuenta de que mi playera dejaba ver los brazos musculosos que había ganado en mi trabajo; estaba arrinconado entre mis impulsos de hombre y mis temores de niño, pero al final le respondí:

– *Por supuesto Licenc… ¡Vero…! Cuenta conmigo para el fin de semana.*

Regresé a casa sin que mi cerebro pudiera comprender lo que le pasaba a mi cuerpo; me sentía poseído por un deseo total, y era la primera vez que experimentaba una erección tan insoportable que me obligó a buscar un paraje donde hacer erupción.

Ese día comprendí que la verdadera sensualidad se vive de cuerpo entero; nunca antes había deseado tanto a una mujer sin ni siquiera haberla tocado. Estaba muy perturbado...

– *¡Menos mal que apenas es martes!*– *pensé.*

Al día siguiente regresé a mi rutina; todo estaba como siempre, excepto yo, pues algo se había introducido entre mi mirada y el mundo: una consciencia de que el placer necesita de "algo" que no se ve a simple vista, y la convicción de que no quería menos que eso para mi vida, fuera lo que fuera.

Muchas veces había escuchado las conversaciones de hombres más grandes que yo, pero nunca había entendido su forma de referirse a las mujeres; podía entender sus palabras, pero no las "sentía".

Con el pasar de los años he podido comprender lo que Aura me repetía tantas veces: la mente es el principal órgano sexual, pues todo debe ocurrir ahí antes que en ningún otro lugar. Por eso dice la Biblia que se puede pecar con el pensamiento.

Parte de la madurez viene del hecho de conocernos a nosotros mismos íntimamente: qué nos enciende, qué nos gusta, cómo y dónde experimentamos el placer; esto no es un acto egoísta; por el contrario, nos convierte en mejores amantes, por la sencilla razón de que nadie puede dar lo que no tiene.

Cuando le conté esta historia de mi adolescencia, Aura me dijo que, en el fondo, yo sólo estaba buscando a mi madre en aquella mujer mayor; probablemente por eso mi instinto reaccionó de una manera tan avasallante; no lo sé...

No había ni una pizca de sentimiento en aquella atracción: era solamente piel. Deseaba ese cuerpo; de resto, no me interesaba nada más.

Los días pasaban demasiado rápido; debo admitir que, en el fondo, estaba asustado. Pensé que podía simplemente no aparecerme por allá y asunto resuelto; sin embargo, no fue así.

Ese sábado me levanté muy temprano; me bañé y me afeité, y después de un desayuno liviano me fui a casa de Verónica.

Para mi sorpresa, ella se sorprendió al verme llegar; en otras palabras, se le había olvidado nuestro compromiso. Mala señal...

Me sentí un poco torpe ahí parado en la puerta; entonces me hizo pasar:

– *¡Grandioso!* –exclamó– *Ya estás aquí...*

Quizás lo que me impulsó a verla de nuevo fue el deseo de experimentar una vez más ese mar de sensaciones que ella me producía; recién levantada tenía un encanto diferente, pero no menos abrasador, y yo comencé a disfrutar el desequilibrio emocional que me producía el hecho de contemplarla y desearla sin tocarla.

Mientras me concentraba en las reacciones voluntarias e involuntarias de mi cuerpo, noté que mis temores se desvanecían; descubrí que el silencio tiene poder: mientras no dijera una palabra, yo era el único dueño y señor de lo que sentía.

Mi sacrificio valió la pena; le aposté a su curiosidad, y me puse a mí mismo como carnada; ella se fue acercando, intrigada tal vez por mi neutralidad, hasta que no tuvo más remedio que morderme.

3. La paz que se esfumó

Toda relación es una inversión: cada quien decide qué arriesga y cuánto espera ganar.

Las visitas por trabajo a la casa de Verónica se convirtieron en largas sesiones de sexo salvaje. En teoría, ella era la experta en busca de carne joven para calmar sus ímpetus; en la práctica, los dos teníamos la misma curiosidad. El sexo es algo que debería estudiarse como el abecedario; sin embargo, todos vamos a la cama casi por accidente la primera vez. No importa el género ni la edad: en materia de intimidad, nunca nadie se las sabe todas.

Reconozco que al principio se me hacía difícil dejar de verla como la abogada imponente del Juzgado; menos mal que ella misma se encargó de borrarme esa imagen de mujer intachable que tanto me había intimidado. Vero no sentía la necesidad de ocultarme nada; no le importaba en lo más mínimo lo que yo pudiera pensar, y hasta me llegué a sentir como un cobayo de laboratorio cuando ella me exploraba con la curiosidad de una niña, no sólo mi cuerpo, sino también mis sensaciones:

– *¿Te gusta así...? ¿Qué sientes si te toco aquí?*

A ella le gustaba tomar el control, y yo quedaba a merced del vaivén de su cuerpo cabalgando el mío; me usaba, sí... ¡Totalmente! Se complacía conmigo; yo no era más que un consolador gigante, sujeto y objeto de todo su placer.

Desde el primer orgasmo ella entraba en un ciclo entraba en un interminable ciclo de éxtasis que nos arrastraba a los dos, y no podíamos zafarnos sino hasta que se agotaba.

Eso era muy diferente a lo que yo había conocido hasta entonces: las chicas inexpertas se preocupaban por complacerme a mí, mientras que Vero solo se hacía cargo de sí misma y de su propio disfrute, y aunque parezca extraño, verla gozarme de ese modo era mi mayor fuente de placer.

Llegué a creerme con derechos que ella no me había dado, hasta que una vez se me ocurrió presentarme en el Juzgado; creí que se alegraría de verme, pero su mirada de reproche me hizo comprender de que no había sido una buena decisión.

Ese día comprendí que yo no era más que su juguete sexual, y aunque no fue agradable darme cuenta, fue mucho peor reconocer que no me sentía capaz de romper ese círculo.

Como dicen por ahí, fui por lana y salí trasquilado; en otras palabras, pensé que tenía las riendas de la situación, cuando en realidad estaba contra las cuerdas; sin embargo, mi ego herido de hombre despreciado se negaba a aceptar que estaba perdiendo.

Pensé que ella no soportaría la idea de quedarse sin mí, y se me ocurrió ponerle un ultimátum.

– *Quiero que nos casemos* –le exigí– *Y no quiero ser tu hombre de los fines de semana...* –¡Qué iluso fui!

– *Ricardo... Definitivamente, te volviste loco... ¿Te has puesto a pensar de verdad en lo que me estás proponiendo? ¡Si tú no tienes en qué caerte muerto! ¿Por qué mejor no estudias algo, trabajas, y ya después me pides matrimonio?*

Literalmente, Vero me puso los pies en la tierra. El tiempo me ha demostrado que fue lo mejor que pudo pasar, pero en aquel momento quería morirme. Las mujeres aprenden con los años a calentar el cuerpo y enfriar el corazón; no veía otra manera de sobreponerme más que huyendo de mi realidad, y decidí poner distancia de por medio: me iría a los Estados Unidos; sin embargo, no lo haría exactamente con la intención de seguir el plan de "convertirme en alguien" para poder estar con ella, sino más bien para demostrarle lo que había dejado ir.

Quería buscar un entorno que me planteara retos y me obligara a superarme; esa sería mi venganza.

Con 22 años yo pensaba que la vida se iba a detener hasta que demostrara de lo que era capaz; mi autoestima me impulsó a actuar, pues era evidente que no tenía más nada que buscar junto a Vero, y algo que sí tenía muy claro era que no me iba a humillar suplicándole.

Hay una frase muy cierta: "si tienes que pedirlo, entonces no es amor". Prefería que las cosas se quedaran en el punto al que habían llegado, bien vividas y con dignidad; toda relación requiere al menos de dos, y toda ruptura también. Me quedaba la tranquilidad de haber hecho mi parte

Tal vez el abandono de mi madre siendo apenas un niño me preparó inconscientemente para cualquier pérdida posterior; aprendí a retirarme a tiempo, pues sé perfectamente que cuando la magia se agota, no hay nada qué hacer.

Al ver la decepción dibujada en mi rostro, ella se esforzaba en darme explicaciones:

– *Hasta ahora no nos hemos dado la oportunidad de decepcionarnos el uno al otro; eso es lo que pasaría si nos convertimos en marido y mujer.*

Todo era tan extraño... Me sentía ajeno a mí mismo, como si me hubieran despojado de mi esencia vital. Después de todo, ¿qué sentido tenía haber sido fiel?

Ella no tenía marido, no tenía hijos, no necesitaba rendirle cuentas de sus actos a nadie. Definitivamente, el problema era yo, y eso era lo más difícil era aceptar.

Si no quería asumir una relación conmigo, era porque se avergonzaba de mí. Punto. Era como despertar de un sueño con la sensación de haber perdido el tiempo, y decidí que tenía que recuperarlo, pero... ¿Cómo?

Hay ocasiones en las que debemos actuar rápido, antes de que se evidencie nuestra debilidad; sin embargo, esta vez estaba desorientado. Cuando eso me pasa, trato de distraerme para no pensar; no lo hago por evadir, sino para dejar que la vida me de las respuestas que yo no tengo.

Fui a tomarme unos tequilas en Plaza Garibaldi, y ahí me encontré con unos viejos amigos a los que hacía mucho tiempo no veía; me platicaron que estaban de paso, porque tenían varios años viviendo en Estados Unidos.

– *Allá hay trabajo cañón, y tú estás en buena forma ¡Wey!... ¡Se ve que aguantas...! Allá te puede ir muy bien...*

– *Pues, no es mala idea, pero tengo que reunir la lana y arreglar los papeles– respondí.*

– *Ellos se miraron y se echaron a reír...*

– *¿De qué hablas? Mira: tenemos un cuate que pasa gente indocumentada en un camión; esta misma semana viaja... ¿Te avientas?*

Llegué a Arizona unos días más tarde, y casi de inmediato me contrataron en una construcción; de día me rompía el lomo trabajando, y por las noches buscaba sexo y alcohol para no sentir mi soledad.

Entré en una vorágine de conquistas compulsivas; no sabía inglés, pero mi piel canela y la experiencia adquirida con Vero me servían de intérpretes. Cada noche me iba a la cama con una chica distinta, claro está, sin entregar el corazón; para mí era como cenar en un restaurante nuevo cada vez.

De nuevo comenzaba a sentirme con poder.

Casi un año después, yo continuaba más o menos igual; mi inglés había mejorado, pero ya había comenzado a experimentar dificultades por no tener papeles.

Me sentía cansado de la vida loca que estaba llevando, ya que en nada solucionaba mi sensación de soledad, sino todo lo contrario: cada vez terminaba sintiéndome más vacío.

Mi deseo de venganza se había disipado; nuevamente sentí que quería establecerme con alguien y como dicen, "sentar cabeza", aunque esta vez el amor no formaba parte de mis expectativas, sino que se trataba de algo más operativo: solo deseaba una buena compañía, alguien con quien compartir las cosas sencillas del día a día.

Creo que las mujeres ven a los hombres como espíritus solitarios que no necesitan ni desean calor de hogar; tal vez era así para los rudos vaqueros de los westerns cinematográficos, pero los hombres de carne y hueso tenemos las mismas expectativas y necesidades que ellas: compañía, cobijo, empatía, amor.

Para ese entonces yo había conocido a una muchacha americana de ojos azul cielo y sonrisa brillante, que me pareció especialmente gentil; ella trabajaba cerca de la construcción, en una lunchería a donde yo iba con frecuencia por café y cigarrillos; ya me había percatado de que saltaba a atenderme cada vez que me veía llegar, y se quedaba unos instantes para conversar conmigo, hablándome y comentándome cualquier cosa.

Su nombre era Annell, y no sé si por ser hija de un pastor cristiano me inspiraba una paz contagiosa que se fue haciendo indispensable para mi corazón. Un día la invité a salir; mientras caminamos, platicábamos sobre nuestras respectivas vidas, y por primera vez me sentí escuchado.

Por un instante pensé en Verónica, y no pude evitar hacer la comparación...

¿Cómo es que alguien que decía amarme no fue capaz de prestar atención a mis problemas, a mi vida?

Dicen que algunas relaciones solo ocurren para mostrarnos aquellas cosas que no debemos aceptar; no me sentía enamorado de Annell, pero sí reconfortado, y hasta recompensado con ella.

Annell me demostraba que yo le importaba como persona y no solamente como un latin lover; sin darme cuenta, comencé a pasar cada vez más tiempo con ella, hasta que me quedé a su lado.

No hay duda de que esta vez las cosas eran más calmadas en general, pero eso era precisamente lo que más disfrutaba de su compañía: esa tranquilidad, esa paz. Ella misma me propuso un día:

– *Vamos a casarnos; eso te va a beneficiar; te van a dar tus papeles y vamos a estar mejor...*

Así fue: nos casamos, y al poco tiempo Annell quedó embarazada; yo me sentía por fin como un hombre normal, digno y merecedor del amor de una familia; era una experiencia distinta, y aunque muchos me preguntaban si extrañaba mis viejas andanzas, juro por mi padre que no hubiera cambiado ni un instante de mi nueva tranquilidad por ninguna de mis experiencias anteriores.

Annell era un ángel, una mujer dulce y sensible que me cuidaba y se preocupaba por mí. Siempre estaba pendiente de mi salud, de que me estuviera alimentando bien, de que estuviera siempre muy limpio y arreglado.

A veces me hacía sentir como un niño, pero en el fondo ese tipo de atención era algo de lo que yo no había disfrutado, y en el fondo me gustaba.

Desde que ella estaba conmigo, todo fluía con tranquilidad; sin embargo, después del nacimiento de nuestra hija, comenzó a sentirse insegura de sí misma por las trasformaciones que había sufrido su cuerpo debido al embarazo.

En esos 9 meses, Annell aumentó de 50 a 84 kilos; en esas condiciones no era conveniente someterla a un parto normal, y la cesárea estuvo un poco complicada; lo cierto era que ya nuestra bebita tenía 6 meses de nacida, y aunque mi mujer se había recuperado en una gran medida, no superaba el impacto de haber experimentado tantos cambios en tan poco tiempo.

Siendo honesto, yo la seguía viendo como la paz de mi vida, y hasta como una heroína, porque ahora que tenía un poco más de madurez podía calcular lo que significa para una mujer la decisión de darte un hijo.

Sin embargo, a raíz del nacimiento de nuestra pequeña, ella empezó a tener unos episodios de drama que no le conocía.

A veces, en pleno acto sexual, ella se detenía para preguntarme:

– *Dime la verdad... ¿Ya no te gusto?*

Por supuesto que en ese momento se me esfumaba toda la inspiración, y ella interpretaba eso como la confirmación de sus temores.

Ojalá las mujeres comprendieran que una erección es algo muy poderoso y al mismo tiempo muy frágil; cualquier factor que rompa la magia del momento puede hacer que se vaya al demonio, ¡y nosotros con ella!

Una erección no ocurre porque sí, sino que siempre responde a algo o a alguien; no solo a un cuerpo o un rostro bello, sino más bien a un conjunto de circunstancias que englobamos bajo el término "excitación", y que no se siente únicamente en los genitales.

Ahora, mi dulce esposa tenía otro ser en quien depositar toda su abnegación y cariño; por supuesto que para un padre es importante saber que su pequeña hija está bien cuidada, bien alimentada, su hogar como una tasita de plata, su ropa limpia en el armario y una deliciosa cena puntualmente servida. Todo eso es muy valioso, pero no produce erecciones.

Comencé a extrañar nuestros momentos a solas, pero, sobre todo, comencé a extrañarla a ella, a la que era. Sus inseguridades me estaban cargando toda la responsabilidad de la relación sobre mis hombros, y ya no sabía qué hacer —o qué no hacer— para evitar un conflicto.

Annell vivía buscando razones para sufrir, y eso hacía que yo me sintiera culpable todo el tiempo por un montón de cosas que no había hecho.

4. Una verdad a medias también es mentira

Desde que llegué a este país, siempre he trabajado en construcción. Un día bajé a la calle a fumarme un cigarrillo y una mujer se me acercó, diciendo que necesitaba a alguien para hacer unos arreglos en su pent-house; intercambiamos números y así quedamos.

A los días, estaba yo desayunando en mi casa, cuando me llegó un mensaje: "Avísame cuando puedas venir a mi casa..." ¡Se me había olvidado por completo aquella señora!

Ya iba tarde, así que no le respondí en ese momento; solo entré al baño a lavarme los dientes y salí.

Por la tarde, cuando regresé, Annell no estaba. Tampoco estaba su ropa ni las cosas de mi hija.

Comencé a marcarle a su celular, y después de mil intentos por fin me atendió:

– *¡Oye!* –le dije– *¿Qué pasó? ¿Dónde estás?*

– *¿Crees que soy tonta?*

– *¿What?*

– *¡Ya te descubrí!*

– *A ver... ¿de qué me perdí? No entiendo nada...*

– *¡Ya sé que tienes una amante!*

En ese momento creí estar alucinando; cuando por fin pude articular palabra, le pregunté:

– *¿De qué estás hablando?*

– *Ya sé que tienes otra mujer; lo vi en tu celular... Estabas organizando todo para verte con ella.*

Entonces comprendí que se refería al mensaje que recibí durante el desayuno.

En ese momento, no sabía que pesaba más: si su propia inseguridad, su desconfianza hacia mí, o el chiste de pensar que yo pudiera estar engañándola con la señora que me había escrito. Solo le dije:

– *Márcale...*

– *¿Qué? ¿Estás loco? ¿Crees que me voy a rebajar hablando con "esa" ...?*

– *¡Solo márcale!*– insistí, y colgué.

Después de unos minutos, recibí su llamada de vuelta...

– *Ya le marqué*

– *¿Y qué te dijo?*

– *Pues me dijo que no; que no son amantes*

– *¿Y entonces?*

– *Bueno, pues no se... Tú has estado muy extraño en los últimos días...*

– *Pues ni modo... Si quieres creer eso, está bien...*

Y entonces fue ella quien me colgó. Al día siguiente, recibí un mensaje suyo, diciéndome que vendría a nuestra casa para conversar. Yo me esperaba por lo menos una disculpa, pero al verla ahí parada, mirándome sin decir palabra, me vi obligado a preguntarle:

– *¿Qué pasó?*

– *Nos tenemos que ir de Arizona*

– *¿Por qué?*

– *Es que yo llamé a migración y les dije que me habías golpeado*

– *¿En serio?*

– *Si... Perdóname, soy una tonta... Me dejé llevar por los celos. ¡Tenemos que irnos!*

Me tocó salir a buscar un camión y meter apurado las cosas del apartamento. Nos vinimos a Utah.

Con nuestra vida metida en unas cuantas maletas y nosotros durmiendo en un hotel, yo no dejaba de preguntarme... ¿Qué había pasado? ¿En qué momento mi dulce compañera se convirtió en una mujer conflictiva y amargada como otras?

En este punto, quizás te preguntarás por qué simplemente no agarraba mi chamarra y me largaba; lo que pasaba es que no era algo tan "simple".

Yo la amaba, y en el fondo estaba seguro de que ella también a mí; además, teníamos una hija en común. El problema era otro, y no sabía cómo explicarlo; parecía que de un momento a otro habíamos empezado a hablar idiomas diferentes, y no lográbamos entendernos en nada de lo que hacíamos.

Llegué a pensar que tener una vida pacifica en pareja no era más que una fantasía como cualquier otra; activé el piloto automático y me enfoqué otra vez en lo que tenía que hacer: me busqué un trabajo, y al poco tiempo pudimos mudarnos a un sótano, menos grande y más sombrío que nuestra casa anterior, pero era lo único que alcanzaba a pagar.

Nuestra hija crecía hermosa y sana, pero Annell estaba cada vez más distante y agresiva; ahora tenía menos espacio para ocuparse en los quehaceres, y supongo que le sobraba más tiempo para pensar tonterías.

Día tras día la notaba más hostil; cuando yo llegaba siempre estaba cansada, estresada... Incluso, empezó a maltratar a nuestra niña.

Un día me dijo que no le gustaba Utah, porque la nieve le causaba depresión; quería regresarse a Arizona. Mi paciencia se agotó y le respondí:

— *¿Sabes qué? Si quieres, vete tú a Arizona. Yo ya encontré trabajo, y aquí me quedo.*

Me amenazó con denunciarme otra vez si no me iba con ella; entonces fue cuando se me ocurrió llamar a sus padres. Por primera vez iba a ventilar nuestras intimidades con terceros, pero de verdad, ya no sabía qué hacer.

Le conté a mi suegro por teléfono todo lo que venía ocurriendo entre nosotros; él me escuchó en silencio, y después me respondió:

– *Ricardo, tú eres el padre de nuestra única nieta, y has sido un excelente esposo para nuestra Annell. Aunque no lo creas, hemos aprendido a quererte por el solo hecho de verla tan feliz a tu lado, y en honor a eso, tengo que contarte algo. Hace algunos años nuestra hija tuvo algunos problemas con su estabilidad emocional, y estuvo en tratamiento psiquiátrico debido a varios intentos de suicidio. Pensamos que ya todo ese asunto estaba superado, pero por lo que me dices, es posible que haya vuelto a recaer. Los médicos nos habían advertido que algo así podría pasar, pero la hemos visto tan feliz en los últimos tiempos que habíamos preferimos ignorar esa posibilidad…*

Mientras lo escuchaba, sentí que todo se ponía en blanco; yo esperaba escuchar algún consejo, un secreto de veterano… ¡Hubiera preferido hasta un insulto! ¿Pero esto?… No sabía qué decir, ni qué pensar, ni mucho menos qué sentir.

O sea… un detalle así no es como para ocultárselo a tu esposo, ¿no creen?

Incluso, ahora tenía dudas con respecto a la salud de mi hija… ¿Sería algo hereditario? ¿Acaso mi adorable princesita también se iba a transformar con el tiempo en una persona atormentada por sus fantasmas mentales?

Por supuesto, no podía culpar a Annell por estar enferma, pero si por haberme ocultado la verdad, porque esa es otra forma de mentir.

Me sentía muy confundido; a pesar de que podía comprender hasta cierto punto la situación, sentía que era una afrenta que no podía perdonar.

Esa noche no volví a casa; me fui a beber intentando no pensar, pero era inevitable. Por más vueltas que le diera, todo me llevaba al mismo punto: me sentía literalmente estafado, como si todos me hubieran visto la cara de idiota.

Intentaba digerir todo esto con la mirada fija en mi vaso de whisky, cuando sentí una palmada en mi espalda; era Vicente, mi mejor amigo de la construcción, que había venido a tomarse unas cervezas junto a Consuelo, su mujer. Imagino que mi cara era un poema, porque los dos se sentaron conmigo y me miraban fijamente. Nunca he sido bueno para mentir ni para esconder mis sentimientos; como dicen por ahí, soy un libro abierto.

Vicente ya estaba enterado de los altibajos emocionales de mi esposa, pero como todo hombre, lo interpretaba como un asunto de hormonas; ahora entendía que era más complicado que eso y me miraba como si se me hubiera caído la nariz.

En cambio, Consuelo fue más analítica, y haciendo gala de su nombre, me habló de esta manera:

– *Mira Ricardo, imagino cómo te sientes, pero… ¿no te parece que estás siendo un poco egoísta? Al menos, ya sabes que Annell está reaccionando así por razones que ella no puede controlar; es probable que, si retoma el tratamiento, todo vuelva a la normalidad.*

– *Tú no entiendes Consuelo –le decía yo–; para mí ya nada va a ser normal de aquí en adelante. Yo no quiero una mujer que sea el producto de unas pastillas.*

– *Lo que pasa es que te sientes engañado, tal y como tal vez te sentiste de niño, cuando supiste que tu mamá te abandonó. Es probable que todas tus relaciones se conviertan en un pase de factura de tu parte hacia ella; pero recuerda que ningún ser humano es perfecto, ni siquiera tú. ¿Por qué no conversas con Annell, la convences de ir a terapia, y la apoyas en ese proceso?*

La verdad es que no sabía qué responder; solo sentía que no era capaz. Aún así, el hecho de haber podido decir lo que pensaba me ayudó a liberar un poco de tensión y comencé a pensar con más claridad.

No la tenía fácil; mi hijita estaba de por medio, y también mi condición legal en los Estados Unidos, pues aún no se habían cumplido los 2 años de matrimonio que exigía la ley para otorgarme la residencia definitiva. Lo que más me encabronaba era la decepción de sentirme estafado en una relación en la que había apostado todo.

Regresé a casa alrededor del mediodía; haber conversado acerca de mi situación me dio al menos un poco de oxígeno mental, y pude darme cuenta de que me encontraba frente a una gran contradicción: en ese momento, mi vida con Annell era un infierno, pero en el fondo yo no tenía el valor de abandonarla.

Todo se fue complicando vertiginosamente; un día, mientras yo almorzaba, Annell tomó un cubo lleno de agua inmunda y me lo vació encima; en otra ocasión, se abalanzó sobre mí con unas tijeras, pero por fortuna reaccioné a tiempo y la desarmé.

Ya no se trataba de querer o no querer; mi esposa estaba sumergida en un mundo paralelo que sólo existía en su mente; era como si tuviera pesadillas con los ojos abiertos, y yo no sabía cómo hacerla despertar.

La opinión de los especialistas era que el embarazo y la experiencia del alumbramiento le habían generado algún tipo de cortocircuito emocional que ni siquiera la medicación había logrado controlar. Ella no estaba en condiciones de convivir de manera normal con nadie, y fue necesario internarla en un sanatorio.

No me avergüenza decirlo: me sentía destrozado. Annell no se había ido, pero de alguna manera, yo sentía que nos había abandonado; la vida me estaba mostrando los hechos como en una pantalla, tal vez para que yo comprendiera mejor mi propio pasado.

Ver a mi hija tan chiquita privada del amor de su mamá me hacía revivir mi propia infancia... Aquella sensación de que a mi vida le faltaban los colores.

No sé si haya un dolor más desgarrador que ver a un ser de luz oscurecerse ante tus ojos y no poder hacer nada para evitarlo.

Ahora, con mi hogar disperso, nuevamente me enfrentaba a mi propio vacío interior: mi hija estaba viviendo con sus abuelos, yo dedicado totalmente a mi trabajo, y mi mujer extraviada en los laberintos de su mente. Dios sabe que hubiera dado cualquier cosa por cambiar esa realidad.

Un día que pasé a ver a mi pequeña, mi suegra se sentó a conversar conmigo; era como si tuviera un nudo en la garganta que necesitaba desatar.

– *Hijo...* –me dijo– *Esto no es fácil para nadie; yo sé que mi Annell está ahí, y en algún momento veremos su mirada regresar de nuevo; quiero darte las gracias de todo corazón, por haberle dado a ella la bendición de ser madre, y a nosotros la dicha de ser abuelos.*

¿Sabes?

Durante mucho tiempo ella estuvo negada a la idea de traer hijos al mundo, por temor a que sus desequilibrios pudieran afectar a un nuevo ser.

Lo maravilloso fue que todo eso cambió cuando te conoció, y yo creo que fue porque se sintió segura a tu lado.

Yo no puedo adivinar el futuro, pero pase lo que pase, de lo que sí estoy segura es de que ya tú le cambiaste la vida a nuestra hija, y a nosotros también...

Quiero que sepas que tú y mi nieta siempre van a contar con nosotros para lo que sea...

No te preocupes... Todo se va a arreglar...

Tengo que confesar que por un momento esas palabras me dieron escalofríos. ¡Todo era tan confuso! Definitivamente, yo también estaba necesitando una cura de sueño.

Dentro de mí, aún sentía coraje por la omisión del cuadro clínico de Annell; sin embargo, me preguntaba qué habría hecho yo si se hubiera tratado de mi hija.

A veces es mejor no hacerse preguntas; la vida está llena de misterios, pero a nosotros sólo nos toca vivirla; no comprenderla.

5. El amor no muere... solo cambia de forma

Ya habían pasado tres meses desde que Annell había sido internada; durante ese tiempo había ido a verla en varias ocasiones, pero era tan deprimente encontrarla aletargada por los psicofármacos que empecé a buscar excusas para no ir.

Un día que fui al supermercado me encontré por casualidad con uno de los especialistas del sanatorio...

– *Buenas tardes doctor...*
– *¿Cómo estás amigo? Tú eres el esposo de Annell, ¿cierto?*
– *Si... así es...*
– *No te hemos visto últimamente pasar por el hospital... ¿Todo bien?*
– *¡Sí! Claro... Todo bien...*

Yo intentaba aparentar normalidad, pero mi sonrisa forzada me delataba; los psiquiatras te ven como si te estuvieran analizando, y eso me ponía nervioso; además, entre hombres es más difícil disimular, porque aprendemos a sufrir en silencio. Existe una especie de tácita solidaridad, una comprensión callada de nuestros más tormentosos secretos.

Pensé en dar media vuelta y salirme de lo embarazoso de la conversación, pero el galeno me preguntó con amabilidad:

— *¿Tienes un minuto?*

Hubiera querido esfumarme, pero la cortesía me obligó a responder en contra de mi voluntad:

— *¡Por supuesto!*

— *Quisiera hablarte un poco sobre el cuadro de Annell; su diagnóstico es Borderline Personality Disorder, o BPD; un trastorno que se relaciona con el temperamento, pero que se agrava por las circunstancias del entorno. Las personas que padecen de esta condición son más sensibles que la mayoría de nosotros, y pueden sentirse afectadas hasta por las cosas más simples, pero no es algo que hacen a propósito, ni para manipular. Ellas realmente sufren, porque se sienten incomprendidas, y esto les genera una gran desesperación; por eso presentan reacciones extremas, que para los demás carecen de justificación. Algo muy importante, y creo que es pertinente mencionarlo, es que los síntomas pueden desaparecer por períodos largos, para luego volver a recaer, y me parece que ese es el caso de Annell.*

No sé qué fibra sensible tocaron esas palabras en mí; lo cierto es que en ese momento me desplomé, y no pude contener el llanto. Llevaba mucho tiempo tratando de ser fuerte, pero ya había llegado al tope de mi resistencia; me había esforzado tanto para hacer las cosas bien, y por una razón o por otra, siempre me encontraba en el mismo punto: solo y desorientado.

Ya no me importaba que me vieran llorar: ¡Ese también era yo! No sólo el eficiente, el proveedor, el fuerte, el todo-lo-puede... Yo también tenía derecho a ser débil, yo también tenía derecho a sentir miedo, incertidumbre y frustración. Yo también tenía derecho a estar harto.

El hecho de que los hombres no acostumbremos a hablar de nuestros problemas causa la falsa percepción de que no los tenemos, de que nada nos afecta, pero esa es una falacia que nosotros mismos tenemos que desmontar. Podemos tener músculos de acero, pero no somos de piedra; como seres humanos, sentimos y padecemos, y cada vez somos más los que nos atrevemos a manifestarlo.

Logré calmarme, me despedí de aquel médico y le agradecí la gentileza de haber adivinado muchas de las preguntas que me agobiaban; era bueno saber que yo no era culpable de lo que le sucedía a Annell, y por supuesto, ella tampoco.

Después de varias semanas de tratamiento, los médicos decidieron que Annell ya estaba mejor y que podía volver a casa. Me asustaba pensar cómo podría reaccionar ella a este nuevo cambio, pero al mismo tiempo me daba tristeza ver a nuestra pequeña hija separada de su madre.

Cuando buscamos a Annell en el centro de salud recuerdo que se veía bien; incluso sonriente. Sin embargo, para mí era como una sombra de la mujer que había estado conmigo durante varios años. En ese momento me di cuenta de su gran valor como la madre de mi hija, como mi amiga incondicional, como un ser frágil para el que yo siempre iba a estar, pero nada más. Ya no podía verla como mi mujer.

Los primeros días en casa evidenciaron que aún se encontraba desorientada y no se sentía a gusto ni cómoda allí; sin embargo, nuestra hija estaba feliz al tener de nuevo a su madre, y sé que Annell se esforzaba por ser responsable con ella.

A mí me daba temor dejarlas a solas, así que me tomé unos días de vacaciones para observar cómo se desenvolvía la dinámica en casa, y estar seguro de que podían estar juntas sin complicaciones. Mi esposa y yo ya no dormíamos juntos, pero ambos estábamos tranquilos con esa decisión que se tomó sin conversarla; sencillamente fue lo que se sintió natural una vez que ella llegó de nuevo a casa.

No transcurrió más de una semana cuando Annell me dijo que quería estar cerca de sus padres, y que quería regresar a Arizona. Mi vida en Utah ya estaba tomando forma; volver para Arizona implicaba para mí tener que comenzar desde cero, y además, me daba temor el riesgo con la migra debido a la denuncia falsa que había puesto Annell.

Le expresé mis inquietudes y ella las tomó con mucha tranquilidad; me dijo que si yo estaba de acuerdo, se iría sola a Arizona, y luego me preguntó si podía llevarse a la niña, pero le respondí que preferiría esperar a que ella estuviera instalada para luego decidir qué sería lo mejor para nuestra pequeña.

6. *Un sueño hecho realidad*

En Utah yo tenía un buen trabajo, y me gustaba bastante el lugar; me veía haciendo allí mi vida, aunque en ese momento era bastante agotador estar encargado de producir, llevar el hogar y cuidar de mi hija como padre soltero... separado... divorciado, o como diablos se llamara mi estado civil.

Mientras tanto, Annell se estaba adaptando a su nueva vida en Arizona; sus padres le rentaron un pequeño departamento cerca de ellos, para que pudiera sentirse independiente, sabiendo al mismo tiempo que podía contar con ellos en caso de necesitarlos.

Con medicación y terapia, Annell podía llevar una vida normal, y eso era lo que estaba sucediendo; de hecho, sus doctores decían que estaba mejor de lo que se esperaba en tan corto tiempo.

Mientras tanto, nuestra pequeña hija me preguntaba todos los días por su madre, y a pesar de que hablaban a diario por teléfono, eso no era suficiente para ninguna de las dos.

Conversé con los padres de Annell varias veces, tratando de buscar la mejor solución; aún no me sentía seguro de permitir que nuestra hijita estuviese sola con su madre, pues no sabía si ella estaba en condiciones de manejar semejante responsabilidad.

Luego de hablar en varias ocasiones con mis antiguos suegros, estuvimos de acuerdo en que nuestra niña podía pasar los períodos de vacaciones con Annell en casa de los abuelos; bajo este acuerdo acepté, y así fue que llevé a nuestra niña a pasar sus primeras vacaciones con ellos.

El primer día sin mi hija me sentía nervioso; estaba acostumbrado a mi ritmo de vida en función del trabajo y la paternidad, y romper mi rutina de un momento a otro me había desconcertado.

No dejaba de estar preocupado; tuve que llamar varias veces para saber cómo estaba marchando todo, hasta que los padres de Annell me hicieron entrar en razón diciéndome que aprovechara esos días para descansar, que la niña estaba segura, tranquila y feliz.

En ese momento me di cuenta de que el trabajo y la crianza habían aniquilado mi vida social; no sabía qué hacer solo en casa, y decidí ir al cine para probar algo distinto.

Hacía poco había descubierto una tienda de productos mexicanos donde podía conseguir cosas que se me antojaban cada vez que extrañaba mi pueblo. Fue allí donde la vi por primera vez, y supe que no había marcha atrás.

Yo iba entrando al lugar y ella iba de salida; ni siquiera se fijó en mí, pero en esos breves segundos que la vi pasar sentí una atracción magnética como esas que solo suceden en las películas.

Pasarían varias semanas antes de que la volviera a ver, pero ahora entiendo que el destino sabe lo que hace. Fue precisamente en el cine en que comenzó todo.

Ni siquiera recuerdo cuál fue la película de ese día; solo sé que era una historia de amor, y entré porque era la única función en la que había tiquetes disponibles.

Cuando ya iba a entrar a la sala, pude ver delante de mí esa figura inconfundible; estaba de espaldas, pero yo sabía que era ella... la chica de la tienda mexicana.

Había muchas personas entre ella y yo, pero pude observar que también estaba sola. Recuerdo que me puse algo nervioso; la vida me estaba ofreciendo una nueva oportunidad, y tenía que ingeniármelas para hablar con ella ese día. No había tiempo que perder: las oportunidades no se repiten por tercera vez.

Ella entró en la sala y la perdí de vista; estaba oscuro, pero la luz del proyector me permitía ver que casi todos los asientos estaban ocupados. Me senté en el extremo de una de las filas traseras y pasé una gran parte de la película tratando de divisarla, pero no pude adivinar en dónde se había sentado.

Cuando la película estaba terminando me levanté de golpe; debo haber sido el primero en hacerlo, y también debo haber parecido un tonto. Efectivamente, el lugar estaba lleno de personas, pero a los pocos segundos de haber encendido las luces, pude verla.

Me acerqué a ella mientras bajábamos por la rampa, y le pregunté por la salida del centro comercial. La conversación que sostuvimos fue tan casual como si nos conociéramos de antes; ella muy segura de sí misma, no se sentía incómoda con mi presencia ni con mis palabras, y yo respiré aliviado.

¡No podía creer que de verdad estuviera pasando! Un café... Eso fue lo que le pedí en aquel bendito momento, y para mi felicidad, aceptó.

7. Cazador cazado

Aura dejó todo muy claro en la primera cita:

– *Es una tontería pensar que no puedes besar a alguien la primera vez que lo ves, o que debes esperar un número de citas determinado por quién sabe qué, antes de tener relaciones sexuales con alguien*– así hablaba antes de tomar un sorbo de café y dejar la marca de sus labios rojos en la taza.

Me sentía un poco abrumado al tenerla frente a mí, y me esforzaba mentalmente por disimularlo para que ella no lo notara; era evidente que se aburría fácilmente de quien no fuera capaz de llevar su ritmo, y que no daba segundas oportunidades.

A pesar de que hablamos de la película, me parecía fascinante su manera de pensar; me sentía hipnotizado por su encanto y su inteligencia; su sonrisa era dulce y excitante al mismo tiempo, y sus ojos me tenían atrapado.

Nos reímos bastante entre un ir y venir de frases ingeniosas que nos iban conectando cada vez más. Estaba feliz, emocionado y curioso; tenía demasiado tiempo sin sentirme así.

– *¿Quieres continuar este café en mi casa?*– me preguntó, y yo no lo podía creer.

¿Acaso su opinión sobre la película había sido una sutil invitación que ahora me hacía expresamente?

Los hombres estamos tan acostumbrados a nuestro rol habitual de conquistadores, que nos desorientamos cuando una mujer toma la iniciativa. Solo pude titubear:

– *Por supuesto.*

Salimos del café; yo estaba emocionado y nervioso a la vez, pero no quería que ella notara cómo me sentía. Entramos a su casa; era un lugar hermoso como ella, decorado con excelente gusto. Me senté en el sofá y ella me ofreció un trago que acepté para ayudar a mis nervios a calmarse un poco; por suerte así fue.

Hablamos sobre nuestras situaciones sentimentales y de vida; yo le conté que estaba separado y que mi hija estaba de vacaciones, y ella me dijo que era soltera y que no creía en el matrimonio.

– *¿Qué quieres decir con eso?*– le pregunté.

– *Pues a mí me parece que el matrimonio es un contrato; una transacción en la que dos personas se ponen de acuerdo para unirse porque tienen metas y planes en común; creo que es lógico que suceda el casamiento, pero también es algo hipócrita, porque el matrimonio, tal y como se conoce tradicionalmente, exige fidelidad y exclusividad, y no conozco a nadie que, aún estando enamorado de su pareja, no sienta deseos por alguien más...*

Esas palabras me dejaron pensando; lo que ella decía tenía mucho sentido, y la verdad era que yo lo había experimentado en carne propia, pues a pesar de estar bien casado, tuve mis deslices con otras mujeres.

Aunque mi esposa nunca se enteró —cosa que agradezco—, tampoco me sentía culpable por haberme ido a la cama con mujeres que me hacían sentir deseado, pues siempre estuvo claro que nuestro interés común era solamente físico, y no deseábamos tener ningún otro tipo de relación. De hecho, nunca supe si ellas tenían pareja, familia, hijos... No me involucraba con esa parte de sus vidas. Entonces le pregunté:

– *¿Eso quiere decir que nunca te has enamorado tanto de alguien como para que forme parte de tu vida? ¿O es que, sencillamente, le tienes miedo al compromiso?*

Su risa fue tan sonora que sentí que se estaba burlando de mí, de mi forma de pensar. Repasé cada una de mis palabras tratando de encontrar el error o la idiotez que podía haber dicho, pero era una curiosidad genuina la que sentía luego de escuchar todas sus explicaciones sobre las relaciones y el amor.

– *Por supuesto que he estado enamorada... y si le tuviera miedo al compromiso no tendría la carrera y la vida que hoy tengo. No se trata de ninguna de las dos opciones que planteas, Ricardo; lo que me hace pensar así es mi experiencia. En cada una de las relaciones en las que he estado involucrada he tenido momentos en los que deseaba estar con alguien más, no sólo como fantasía momentánea, sino como una pulsión carnal que me atrae y me seduce... Y eso no hace que ame menos a quien esté conmigo... Las primeras veces que eso me sucedió me sentía culpable, pero era una culpa extraña, porque se sentía como si fuese prestada, como si no fuera mía. Muy en el fondo yo sabía que desear a alguien más no tenía nada de malo, y que el problema realmente estaba en la sociedad...*

– *Lo siento* –respondí–. *No debí asumir que tenías miedo al compromiso, pero entenderás que es extraño que una mujer se exprese así, con tanta honestidad, sobre su forma de sentir y desear. A mí, la verdad, me pareces muy sensata... además de atractiva...*

Me aventé a ver en qué terreno estaba pisando; observé con atención cómo reaccionaba a mi cumplido, y vi que se sonrió. ¡Bingo! Eso significaba que no le había incomodado; al parecer se sentía tan a gusto conmigo como yo con ella.

Aura irradiaba una seguridad en sí misma que me intimidaba; en el fondo no estaba seguro de saber manejar la situación, y no quería embarrarla. Por fortuna ella misma disipó mis dudas:

– *La atracción es mutua*– me respondió, sin que le temblara ni un poco la voz.

¡Knock out! ¿Me estaba hablando en serio, o sólo jugaba conmigo?

Confieso que me costaba creer que una mujer como ella se sintiera atraída por mí, y que además me lo dijera de frente, sin ningún tipo de tapujo; eso me causaba una mezcla entre vergüenza y excitación.

Mi cerebro reptiliano pensó con rapidez: sabía hacia dónde se dirigía todo esto, y no iba a perder la oportunidad de vivirlo... aunque fuera una única vez.

– *Gracias por la velada* –me dijo de pronto– *Pasé una noche maravillosa; me encanta tu compañía, pero mañana tengo un día largo... Mejor dejamos esta conversación para otro momento...*

Para mí fue una señal confusa, pero entonces vi que se ponía frente a mí, y tomando mi quijada con su mano plantó sus carnosos labios en los míos...

Ese vapor que manaba de su boca fue como un hechizo; su lengua húmeda y tibia jugó suavemente con mis labios y luego se deslizó dentro de mi boca, buscando la mía; la tomé por la cintura y el beso se hizo más cálido, apretado e intenso.

Mi estado de excitación era tremendo, pero de pronto ella se detuvo, susurrándome en el oído:

– *Nos vemos el sábado, aquí...*

En el transcurso de la semana se me hizo difícil enfocarme en mi trabajo; Aura me había dejado con la cabeza revuelta; era como si hubiese despertado en mí una fuerza que hasta entonces desconocía.

Ciertamente, deseaba tener su cuerpo, deseaba seguir besándola, deseaba recorrer con mis manos cada una de sus curvas, deseaba hundirme en ella... Pero también deseaba seguir disfrutando conversaciones tan divertidas, profundas e inteligentes como la que habíamos tenido. A pesar de que faltaban días para vernos nuevamente, yo me sentía tomado por ella; no podía sacarla de mis pensamientos, y a diario le escribía algún mensaje para saber cómo estaba.

Yo, que había sido un Don Juan durante tanto tiempo, no sabía identificar cuál era el equilibrio que me correspondía tener con una mujer como ella. No quería mostrarme desesperado, pero tampoco podía ignorarla, pues esa es una técnica que funciona sólo con las mujeres que te quieren ver como un reto...

No. Aura no era de ese tipo; ella rompió el molde después de nacer, y yo necesitaba encontrar el manual de instrucciones para llegar a ella sin cometer ningún error.

– *Disculpa la hora, pero no quería irme a dormir sin saber cómo había estado tu día...*

La verdad es que no era tan tarde, pero pensé que esa cortesía sería de su agrado, y así fue.

– *No te preocupes* –me respondió–, *aún me falta un poco para irme a dormir. Todo ha estado un poco estresante en estos estos días; hay una serie de cambios en la compañía... Me alegra que podamos conversar; así me relajo antes de dormir...*

– *Te comprendo... Para mí también ha sido un poco intensa toda la carga y responsabilidades de esta semana; días de trabajo duro, pero la idea de verte el fin de semana me emociona, me hace trabajar con más entusiasmo...*

Apenas dije eso, me arrepentí; pensé que había sido un error revelarle lo mucho que me emocionaba verla. Decir cualquier cosa que no fuera de su agrado sería una guillotina para mí, pero al mismo tiempo, sentía que con ella no valía la pena ocultar mis verdaderos sentimientos. Si mentía, era mucho más lo que podía perder que lo que pretendía ganar.

– *Yo también quiero verte este fin de semana; de hecho, hice algunas compras para ese día que me muero por mostrarte*– respondió.

A los hombres no solamente nos gusta que nos traten bien, sino que nos hagan sentir queridos e importantes; cuando Aura me dijo eso, sentí que tocó una fibra dentro de mí que desde hacía tiempo estaba adormecida, y que ahora se llenaba de vida nuevamente.

– *Si no puedes esperar hasta el fin de semana, no te preocupes... Por aquí puedes mostrarme lo que quieras... Ahora que lo dijiste, me causa mucha curiosidad saber qué es eso que me quieres mostrar...*

Supuse que tal vez se trataría de algún ingrediente exótico para cocinar en nuestra cita del sábado, o tal vez había comprado boletos para el cine o algún espectáculo...

Mientras seguía intentando adivinar, recibí unas imágenes que me dejaron con la boca abierta.

En la primera foto, Aura estaba sentada, de frente a la cámara; tenía una sonrisa sutil y ese labial rojo brillante que me fascinaba. Su cabello estaba suelto y caía ondulado hacia los dos lados de su rostro; allí noté que en su melena castaña había unos reflejos que parecían pinceladas que el sol le había regalado. Era hermosa, se veía totalmente luminosa...

El color rojo de su labial combinaba perfectamente con el vestido que llevaba puesto y que caía hasta sus piernas, dibujando la silueta de su cuerpo; tenía una abertura hacia los lados que dejaba a la vista una parte de sus muslos bien torneados. La tela traslúcida, permitía ver las líneas de su ropa íntima, de un color más oscuro...¿Tal vez negro, o vinotinto?

Un brasier ajustado realzaba sus pechos redondos, llenos, que parecían querer estallar a través de la tela transparente... Se veía... jugosa. Esa era la palabra más acertada para describirla. Yo no podía dejar de mirarla; había en su mirada algo de dulzura, que más que contrastar, hacía un juego perfecto con lo atrevido de su ropa.

Yo estaba perplejo; en ese momento entendí las caricaturas de antes, cuando los personajes veían una mujer hermosa y se golpean la cabeza con un martillo, o chiflaban como locomotoras... Aura sabía lo que lograba con esa sutileza y con esa decisión, y a mí me fascinaba que lo hiciera conmigo...

– *No tengo palabras para describir lo hermosa que eres… Hoy apenas es miércoles, y ya siento que faltan siglos para poder verte de nuevo… ¡Es injusto y casi cruel lo que me haces con estas fotos...!*

– *Mi intención no es ser cruel contigo; al contrario, siento que este aperitivo te preparara para el sábado, y además podría ayudar a que te relajes hoy....*

Me encantaba cuando ella tomaba la iniciativa; me hacía sentir deseado como nunca. Definitivamente, Aura no era cualquier mujer; era todo lo que yo había soñado en una sola, y mucho más.

En la siguiente foto que me envió, estaba de rodillas sobre su cama, con una mano en la cintura abriendo la bata que la cubría; pude ver que el color de su ropa interior era ciertamente un tono vino que lucía fabuloso sobre su piel ligeramente bronceada.

Si no la hubiese visto nunca antes en mi vida, hubiese pensado que esas fotografías correspondían a alguna supermodelo y que habían sido sacadas de un catálogo de lencería.

No me cansaba de balbucear su nombre mientras detallaba su figura torneada en esas imágenes … Aura era perfecta, por dentro y por fuera.

8. *Las jugadas del instinto*

Los días siguientes fueron muy ajetreados en la empresa en la que trabajaba; sin embargo, estaba tan animado por esta novedad en mi vida, que mi jefe y mis compañeros lo notaron: les parecía sospechoso verme haciendo tantas tareas con tan buen humor.

No quiero decir que yo fuera un mal trabajador, pero soy humano, y de vez en cuando perdía la paciencia entre órdenes y responsabilidades, como cualquier persona normal. La diferencia ahora era que todo lo hacía con más entusiasmo, y no era para menos, pues así me sentía: lleno de energía y disposición.

El viernes en la tarde, cuando salí de trabajar, estaba realmente cansado; unos compañeros me invitaron a ir por unas chelas, y ya que no tenía un mejor plan para ese día, acepté.

Fuimos a un bar que estaba cerca de nuestro lugar de trabajo, y entre cerveza y cerveza comenzamos a hablar de nosotros. Ese día disfruté mientras los escuchaba; apesar de verlos todos los días, prácticamente no los conocía, pues nunca tenía tiempo para socializar.

Pedro tenía casi 20 años de casado, y aún conservaba un rostro joven, aunque las entradas en sus sienes lo delataban; es alto y delgado, lo que lo hace parecer casi una caricatura.

Cuando le pregunté su edad, me dijo que tenía 38…

– *¡Pero si eres muy joven wey! ¿Cómo es que tienes tantos años de matrimonio?* –exclamé.

Pedro contó que se había casado de jovencito, muy enamorado; pidió permiso a los padres de ambos para casarse con su chica cuando ambos tenían 17 años, pero no se los permitieron. Cumplieron ambos 18 años con un mes de diferencia, y al tener los dos la mayoría de edad se fueron al registro a formalizar su unión.

– *He sido feliz cada día de mi vida* –decía Pedro–; *si hoy tuviera que escoger nuevamente a una mujer para casarme, sin duda lo haría con ella…*

– *¿Y siendo tan joven, no sentiste miedo cuando te casaste?* –le pregunté.

– *Por supuesto que tuve miedo; no sabía de qué íbamos a vivir, si sus padres o los míos nos desheredarían o dejarían de hablarnos por la decisión… El principio no fue fácil, sobre todo por la madre de Elisa, quien cayó en una depresión clínica al ver a su hija casarse conmigo. Yo también era un muchachito, y no tenía mayor cosa para ofrecerle, pero poco a poco fuimos construyendo nuestro hogar, y al vernos tan decididos y enamorados, nuestros padres nos comenzaron a ayudar. Nos tocó trabajar a los dos al principio, y Elisa tuvo que esperar unos años para entrar a la Escuela de Enfermería, que era su sueño desde niña.*

Sin embargo, lo logramos, y hoy ella es enfermera; tenemos dos hijos maravillosos y somos más felices cada día–, concluyó con una sonrisa en los labios.

– *¡Ándale! Lo dices muy seguro de ti mismo... ¿Cuál crees que es el secreto de la felicidad en tu matrimonio?–* le pregunté, porque jamás en mi vida había escuchado a alguien hablar así de su pareja.

– *No es ningún secreto; la clave del éxito en cualquier matrimonio es la comunicación. Mientras mayor sea la confianza y la complicidad que tengas con tu pareja, más fácil te será comunicarte con ella y todo se irá engranando como una gran máquina; así funciona mi vida con Elisa: no sólo es mi mujer, sino también mi mejor amiga y mi cómplice. Y ahora quiero que ustedes brinden conmigo... ¡Por haberla encontrado...!*

Pedro sonaba como uno de esos ancianos sabios de las películas; yo quería preguntarle si alguna vez había sido infiel, pero después de lo que dijo sentí que hasta se ofendería si le hacía esa pregunta.

Del otro lado de la mesa, Alberto intercambiaba miradas con unas chicas sentadas en la barra, y no tardó mucho tiempo en levantarse para ir a hablar con ellas.

Las muchachas eran guapas, y ciertamente jóvenes; no debían pasar de los 25 años. Alberto fue directamente hablar con una de ellas; era la más delgada y morena, tenía el cabello liso con un corte recto a la altura de los hombros, y a pesar de sus tacones, se notaba que era más bien baja de estatura.

Su amiga en cambio era de piel muy blanca y tenía el cabello rojo, casi naranja; era un poco más alta que la otra muchacha y mucho más voluptuosa. Tenía puesto un vestido ceñido de color azul marino que además de resaltar el color de su piel y su cabello, mostraba las curvas de su cuerpo.

El teléfono de Pedro sonó: era su mujer; él contestó sin dudarlo, y yo me propuse comprobar la famosa comunicación de la que él tanto se ufanaba.

Para mi sorpresa, Pedro había sido totalmente sincero: le dijo a su mujer que estaba en un bar con sus amigos del trabajo, tomando unas cervezas para relajarnos luego de tanto trabajo durante la semana.

Aunque no pude escuchar lo que decía su esposa, debió haber estado muy tranquila, pues Pedro siempre le habló con una sonrisa dibujada en el rostro. Antes de colgar le dijo que tomaría una cerveza más y luego se iría casa, porque estaba cansado.

El tono de la conversación me recordó a un par de novios adolescentes; jamás lo hubiese esperado de una pareja con 20 años de casados.

Pedimos dos cervezas más, mientras Alberto se reía con las chicas de la barra.

– *¿Y tú nunca te has casado?*– me preguntó Pedro.

Suspiré y tomé un trago; no quería contarle todo lo que me había sucedido; mis traumas y decepciones. Sólo le respondí:

– *Sí, claro... Y también me he separado. En estos momentos mi mujer está en otro estado, y creo que no nos arreglaremos; estoy esperando el momento oportuno para pedirle el divorcio...*

Pedro me replicó; comenzó a hablarme sobre la importancia de la comunicación y la paciencia en la pareja:

– *A veces se pueden pasar por baches muy profundos* –me dijo–, *pero siempre es posible recuperar el amor...*

– *Gracias, pero este no es el caso* –le respondí tajante–; *ha pasado el tiempo suficiente para saber que ya no deseo seguir casado.*

Me tomé otro trago de cerveza como excusa para no tener que hablar más.

– *Bueno...* –dijo Pedro pacientemente–; *si es así, lo mejor es que ustedes cierren ese ciclo y comiencen una nueva vida, antes de que el tiempo los consuma a cada uno por su lado.*

– *¡Así es amigo!*– le respondí y brindamos de nuevo; él se tomó el último trago y se fue del bar.

Yo me quedé ahí, contemplando lo que pasaba a mi alrededor, disfrutando de la música y de mi chela. De pronto me daba cuenta de que estar solo se sentía extremadamente bien; no sé cuántos años habían pasado sin que me sintiera así de tranquilo... No lo sé, pero me gustaba.

De repente, alguien se sentó a mi lado, y al voltear vi junto a mí las piernas blancas y los pechos prominentes bajo el vestido azul de la pelirroja de la barra. Alberto ya abrazaba a su compañera, la chica morena, y se sentaban frente a nosotros.

- *Me llamo Helen* –me dijo la pelirroja–, *tu amigo dice que eres muy simpático y gracioso, así que decidí venir a comprobarlo. ¿Cómo te llamas?*

Sin duda alguna, Helen era guapísima, y ahora que la tenía cerca podía apreciarlo mucho más. De entrada, ella me pareció súper simpática y agradable; por la manera como se presentó, ciertamente no podía pasar inadvertida.

Conversamos un poco, me dijo que se acababa de graduar de la universidad y que estaba de paso por Utah, pues deseaba viajar un poco antes de irse a Boston, donde quería comenzar una carrera en el negocio de la música.

Helen era bastante divertida; me contó un par de chistes que no recuerdo muy bien, pero sé que me hicieron reír. Alberto se veía muy entretenido con la otra chica de la que ni siquiera escuché el nombre.

A medida que hablaba con Helen, sólo un rostro aparecía en mi cabeza: era el de Aura. Aunque la estaba pasando muy bien, no podía dejar de pensar en ella; eso me preocupó un poco, porque cuando Helen me dijo que continuáramos los tragos en otro lugar, la verdad es que no me sentí tan tentado...

La única mujer con la que quería estar en este momento era Aura. Supuse que era algo momentáneo, y que ya en la acción mi cabeza volvería a ser la de siempre. ¿Qué hombre en su sano juicio rechazaría a una mujer tan sensual como Helen?

Salimos del bar; Alberto se fue con su conquista y yo me fui con la mía. Helen rentaba un pequeño dúplex con su amiga, quien por suerte se había ido a pasar la noche a casa de Alberto, así que teníamos el lugar para nosotros dos.

En el living de su casa, Helen sirvió unos tragos y quiso poner música para bailar; empezó a dar unos pasitos que al principio se me hicieron chistosos, pero que se fueron tornando serios a medida que ella se contoneaba y movía sensualmente su cuerpo.

A pesar de que deseaba muchísimo a Aura, la sensualidad de Helen era innegable. Por unos breves segundos pensé en levantarme y despedirme, pero fue como si la chica lo presintiera, y le agregó una vuelta de tuerca a su técnica de seducción: cada dos pasitos que daba, la suculenta pelirroja levantaba un poco su falda, y así lo fue haciendo al ritmo de la música, hasta que su trasero quedó totalmente expuesto, mostrando la delicada línea de ropa interior que quedaba entre sus nalgas.

Ella seguía dando pasitos de espalda hacia mí y continuaba subiendo su vestido con una picardía exquisita.

Entonces me di cuenta que no tenía brasier, porque al sacarse la ropa por completo, su espalda quedó totalmente desnuda, dejando a la vista la blancura de su piel y un conjunto de pequeños lunares que parecían una constelación.

La chica se giró hacia mí y pude ver la sensualidad completa de su cuerpo, con los mismos movimientos seductores se acercó hasta donde yo estaba y comenzó a quitarme la ropa, todo siempre al ritmo de la música.

Se montó sobre mí y nos fundimos apasionadamente; no puedo negar que disfruté al extremo saciar la excitación que se había ido intensificando durante la velada, pero al mismo tiempo, tuve la impresión de que ella sobreactuaba para impresionarme, y eso hizo que me sintiera un poco insatisfecho.

- *¿Qué te gustaría desayunar?*– me preguntó ella, todavía jadeante; era la última cosa que yo esperaba escuchar en un momento como ese; su pregunta me sacó completamente de onda.
- Oye... *En este momento no lo sé... Mañana, cuando sea de día, veré qué se me antoja...*– le respondí mientras buscaba mi ropa que había quedado regada por el suelo.
- *¡Qué lástima!* –dijo ella–; *es que la pasamos tan bien que me hubiera gustado hacerte un rico desayuno, y así podríamos continuar nuestro día juntos...*

Esas palabras me devolvieron a la realidad; Helen hacía lo mismo que todas las demás: fingía ser una mujer independiente para acercarse a mí, y luego de saciar nuestro deseo, me manipulaba para convertir lo que pudo haber sido una noche divertida en una supuesta relación...

Sin decir muchas palabras y sin darle mi número telefónico, me vestí y salí de ahí.

9. *El beso de la muerte*

Ese sábado amanecí emocionado; la ansiedad de verme con Aura y la expectativa de lo que pudiera pasar me tenía en una especie de ensoñación; sentía que las horas transcurría muy lentas, y como un niño pequeño, quería que se hiciera de noche más pronto.

Llegué un par de minutos antes de lo acordado; toqué el timbre y al poco tiempo apareció ella, abriéndome la puerta. Estaba espléndidamente vestida; llevaba un vestido color púrpura, y el cabello recogido de una manera un poco desordenada que la hacía verse más sensual que de costumbre.

– *¡Bienvenido!* –me dijo–*; no te quedes ahí parado... ¡pasa...!*

Aunque ya había estado en su casa, sentía que todo estaba sucediendo por primera vez. Aura había preparado una cena deliciosa que acompañamos con una muy buena conversación; nos íbamos conociendo poco a poco, y cada cosa que descubría en ella me fascinaba más.

Había hecho de postre una deliciosa tarta de chocolate con frutos rojos; no sólo era una mujer hermosa, decidida, divertida e inteligente, sino que además había dedicado parte de su tiempo a prepararse para este día, y eso me hacía sentir tan especial y correspondido, que hasta me avergonzaba un poco.

Luego de la cena nos fuimos a su habitación; ella me empujó suavemente para acostarme en su cama, y comenzó a besarme muy delicadamente... No olvidaré nunca la textura de sus dedos recorriendo mi piel.

Poniéndose de pie, se quitó un broche y dejó caer su vestido, quedando solo con la ropa interior: esas piezas llenas de sensualidad que me había mostrado en las fotos.

Parecía una diosa... ¡Ni más ni menos! Aura, mi diosa.... Con una sonrisa pícara se abalanzó de nuevo sobre mí; yo la tomé de la cintura y en un solo movimiento la puse debajo de mi cuerpo; por su expresión de sorpresa supe que no se lo esperaba, pero también pude sentir que le gustó que lo hiciera.

Comencé a besarla, primero en los labios, y luego me fui deslizando hacia su cuello impregnado del aroma floral que salía de su cabellera.

Seguí bajando y encontré sus senos apretados en el brasier; parecían rogarme que los liberara de esa prisión y así lo hice, dejando al descubierto esas magníficas montañas qué recorrí centímetro a centímetro con mi lengua.

Continué mi paseo por aquel cuerpo delicioso; me entretuve en su cintura y me perdí en su ombligo; Aura era una fruta dulce y delicada de carne tierna y jugosa que estaba justo es su punto. Hicimos el amor una y otra vez; con ella sentía que quedaba pleno, satisfecho, pero al mismo tiempo, cada beso, cada caricia, me hacía querer más y más de ella.

La mejor parte de hacer el amor con Aura es que veía y sentía que ella realmente lo disfrutaba: se reía, tomaba la iniciativa, y también se relajaba para dejarme tener el control. Era evidente que ella se sentía cómoda con su cuerpo, y eso le daba una seguridad en sí misma que combinada con su belleza e inteligencia la hacía perfecta a mis ojos.

Con Aura no sentía la necesidad de huir después de hacer el amor; al contrario, esa noche me quedé con ella, y en la mañana despertamos abrazados. Se sintió tan natural y correcto que al descubrirme entre sus sábanas y con sus brazos alrededor de mi cuerpo, lo primero que hice antes de abrir los ojos fue sonreír.

– *Buenos días, Aura…*

– *Buenos días, Ricardo…*

Lo que comenzó como una cita se fue convirtiendo en una necesidad. Una vez a la semana y cada fin de semana, Aura y yo nos veíamos en su casa o en la mía. Ella y yo nos entregábamos a nosotros, a fundirnos en placer y pasión, pero también romance y afecto. Fue una rutina que se estableció tácitamente, y que durante la semana me mantenía expectante, y me esforzaba en hacer rápido mi trabajo y así tener más tiempo para disfrutar con ella.

Sin establecer ningún tipo de acuerdo, yo sentía que estaba en una relación; no quería ni me hacía falta buscar ninguna otra mujer. También comencé a sentir la necesidad urgente de separarme formalmente de Annell, pero no quería lastimarla. Pensé que lo mejor sería consultar primero con sus padres y médicos sobre cuál sería la forma más sensible para tocarle el tema.

Decidí viajar a Arizona para poner en orden esa parte de mi vida. Mi pequeña hija estaba feliz allí, con su familia materna; le encantaba la vida con los abuelos y ya tenía un grupo de amiguitos. Se notaba que era mucho más feliz que en Utah; me llenaba enormemente verla disfrutar de la vida, sabiendo que sus abuelos estaban cuidando de ella con todo el amor del mundo.

Por otro lado, yo tenía muchas semanas sin ver a Annell, y honestamente no sabía qué esperar de ella. Esa era la parte que más inquietud me causaba; pensé que llegaría a verla hecha un manojo de nervios, o que estaría tan cambiada o medicada que no me reconocería, pero para mi sorpresa, se veía muy radiante y feliz.

Había conseguido un trabajo en el consultorio de odontología de unos amigos de sus padres, y le estaba yendo realmente bien.

Con nuestra hija viviendo con sus abuelos, Annell podía trabajar a tiempo completo y concentrarse en sus actividades de una manera más cómoda y adulta. De nuevo estaba viendo en ella a la mujer con la que me casé: preocupada por los demás, tranquila y sonriente.

Aunque yo estaba decidido a pedir el divorcio, admito que al verla llegué a dudar de estar tomando la decisión correcta al divorciarme de ella.

Como estaría varios días en Arizona, opté por no revelar de entrada mis intenciones; aprovecharía para pasar tiempo con mi hija, y mientras tanto cerciorarme de que Annell estuviera realmente bien. Incluso conocí a los padres de los amigos de mi niña, y pude constatar que lo mejor para ella era vivir en Arizona y pasar sus períodos de vacaciones conmigo en Utah.

No puedo negar que me dolía tener que hacer este sacrificio, pero en Utah yo ya tenía un buen trabajo y una vida estable, así que esa era la mejor decisión para todos, aunque me lastimara.

Conversando con Annell, fue inevitable recordar muchas de las cosas que habíamos vivido; se nos hizo de noche mientras hablábamos, reíamos y rememorábamos; yo me estaba quedando en un pequeño motel a unos minutos de la casa de sus padres, así que al ver que era tarde me levanté para despedirme y ella me acompañó a la puerta.

En ese momento ella quiso darme un beso, y yo embriagado de recuerdos no pude apartarme; sin embargo, al besarla no sentí absolutamente nada, y fue entonces cuando supe que la decisión que había tomado sobre nuestro matrimonio y el divorcio era la correcta.

Esa noche en el motel, me costó mucho dormir; tenía miedo de que el beso con Annell pudiera complicar las cosas; tarde o temprano tendría que decirle que mi verdadera intención con ese viaje había sido pedirle formalmente el divorcio.

Al día siguiente me armé de valor y me presenté en la casa de los padres de Annell para hablar sobre el asunto. Para mi sorpresa, ellos estuvieron de acuerdo; me dijeron que era lo mejor, para que al fin todos pudiéramos continuar con nuestras vidas. No me esperaba esa reacción, pero tal vez en el fondo estaban aliviados de que yo ya no fuera el esposo de su hija.

Annell llegó más tarde y pude sentarme a conversar con ella en un espacio seguro, por si reaccionaba de manera agresiva o melodramática.

Al mencionar el divorcio, pude ver en su mirada que no se sentía cómoda con mis palabras; sin embargo, no se alteró. Solo me preguntó si había alguien más en mi vida en ese momento.

Le respondí que eso no era relevante ni tenía nada que ver con mi decisión:

– *Annell, tú y yo ya nos hemos hecho suficiente daño... Tenemos que aceptar que divorciarnos es la mejor manera de continuar con nuestras vidas; así tú podrás casarse nuevamente si lo quisieras, y yo también...*

Quizás al verme tan sereno y decidido al mismo tiempo le hizo darse cuenta de que no tenía caso insistir.

Comenzamos el proceso del divorcio. Minetras tanto, con Aura todo iba de maravilla; nos veíamos más seguido y cada vez nuestra relación era más sólida. Incluso, cuando mi niña estuvo de visita durante las vacaciones, Aura me ayudó con los quehaceres y conversaba pacientemente con ella.

Eso me hizo ver que, además de sus innumerables cualidades, poseía también un sutil instinto maternal que hizo que me fascinara aún más.

De hecho, comenzamos a fantasear con la idea de formar una familia, tener no un hijo, sino dos, y de irnos a vivir en una casa frente al mar.

Aura lo tenía todo: podía ser una decidida empresaria, una madre cariñosa, una excelente compañera de trabajo, una gran conversadora que animaba cualquier fiesta y reunión, o la mejor compañera de risas en cualquier situación.

Lo único que no podía hacer era pasar desapercibida; a cualquier lugar donde llegaba, las cabezas se giraban para verla. Era una mujer imponente y decidida, y eso era algo imposible de ocultar.

Yo sabía que la rutina mata las relaciones, y si de algo estaba seguro era de no querer perderla; por eso hice lo que sentí que tenía que hacer...

Teníamos un poco más de 2 años de relación y la pasábamos muy bien en todo momento; creo que desde que nos conocimos no habíamos dejado de hablar un solo día;

me gustaba pensar que nuestra relación era más bien una larga conversación en medio de la que sucedían millones de cosas.

Ese día la invité a salir, y fuimos al café en el que compartimos por primera vez en aquella salida del cine; nunca más lo habíamos visitado, pues nuestros encuentros se habían ido volviendo cada vez más íntimos; por eso, a ella le sorprendió, pero sin embargo, lo disfrutó. Hablamos, reímos y nos besamos mucho.

En un momento ella se fue al baño, y cuando volvió por fin se lo dije:

– *Compré boletos para que vayamos a Europa un par de semanas. Quiero viajar y estar contigo sin interrupciones; nos merecemos disfrutarnos juntos sin tener que preocuparnos por ninguna responsabilidad…*

Aura me abrazó; estaba muy emocionada con esa invitación, que para ser honesto, no salía de la nada. Sencillamente, en una de nuestras tantas conversaciones ella me había mencionado que siempre había querido ir a Italia, pero que nunca se había podido tomar el tiempo para planificar ese viaje. Ahora ella haría realidad su sueño junto a mí.

La única vez que yo había salido de un país a otro fue cuando me vine de México a los Estados Unidos. Estaba un poco nervioso, pues no sabía qué esperar de Europa; en cambio

Aura estaba emocionada, y no paraba de hablar sobre todas las cosas que podríamos hacer en Grecia e Italia, que eran nuestros destinos en las próximas.

Esta sería también la primera vez que pasaríamos tanto tiempo juntos sin tener que hacernos cargo de nuestras responsabilidades diarias.

Una vez en Europa, pude comprobar que ese viaje había sido una gran idea: disfrutamos haciendo el amor a todas horas, paseando y comiendo. Aura adoraba la pasta; creo que lo que más disfrutó de Italia fueron los restaurantes; a mí me encantaba verla feliz, y ese cambio de ambiente se sentía espectacular.

El viaje era mucho mejor de lo que esperaba; nuestra convivencia se sentía natural y plácida; yo sentía que se afianzaba esa atmósfera de confianza e intimidad que habíamos cultivado durante el tiempo que llevábamos juntos.

Estaba decidido: se lo dije la noche antes de salir a Grecia:

– *¿Quieres casarte conmigo?*

Aura se quedó totalmente sorprendida, y eso me asustó. Por unos segundos pensé haber derrumbado el castillo que habíamos construido. ¿Acaso era de arena o de naipes...?

Aura dejó caer una lágrima antes de responder:

– *Sí... ¡Acepto! ¡Claro que sí! Contigo, a donde sea...*

El alma me volvió al cuerpo, y esa noche celebramos entre vino y estrellas el compromiso de nuestra unión. Llegamos a Grecia, y el panorama me impactó; era un lugar precioso, con un clima cálido que me hacía sentir rozagante y rejuvenecido.

Nos quedaríamos en casa de unos amigos de Aura a quienes yo no conocía, y admito que eso me hacía sentir un poco incómodo; sin embargo, cuando Tara y Patrick nos recogieron en el aeropuerto, de inmediato sentí una conexión fraternal.

Ellos habían coincidido con Aura en la universidad, y allí se habían hecho muy buenos amigos; después de graduarse, se casaron y se fueron a vivir a Grecia, donde crearon una compañía de informática que les permitía tener una vida muy cómoda y holgada, como de *jet set*.

En la villa de Tara y Patrick, Aura y yo teníamos nuestra propia cabaña, que estaba un poco apartada de la casa principal. La primera noche que estuvimos allí, la emoción por nuestro compromiso nos llevó a hacer el amor con más ímpetu y pasión que nunca.

Como si eso fuera posible, Aura se veía millones de veces más sensual que de costumbre; el sol de Europa había hecho maravillas en su cabello y en su piel, dejándolos muy suaves al tacto y con unos destellos dorados hermosos. Por momentos me parecía increíble que esa mujer con el porte de una diosa estuviera conmigo.

Tal vez el Mediterráneo tenía un efecto afrodisíaco, porque durante esa estancia, yo la sentía más sensual, más apasionada, más vibrante... Sus gemidos eran deliciosos y eso me ponía mucho más caliente.

Hicimos el amor desenfrenadamente, disfrutando al máximo de nuestros cuerpos y nuestra pasión. Cuando terminamos le dije que me daba un poco de vergüenza pensar que nuestro escándalo se podía haber escuchado en la casa principal, pues sería bochornoso que nuestros anfitriones hubiesen tenido que ser el público de nuestro espectáculo erótico.

- *No te preocupes por eso* –me dijo mi futura esposa–; *Tara y Patrick son una pareja muy íntima, y además, de mente muy abierta... son hermosos, ¿no te parece?*
- *Sí... supongo...*– le respondí, mientras me preguntaba a qué se refería; esa secuencia de atributos me había dejado un poco intrigado.

10. *Una tarde de revelaciones*

La casa de Patrick y Tara quedaba apartada de cualquier lugar poblado y había que desplazarse en auto por lo menos media hora para conseguir alguna tienda.

Me gustaba la idea de estar apartados del mundo en un paraíso donde no había que buscar nada más... Me hacía ilusiones pensando que un lugar así sería el ideal para nuestro retiro: el sol brillaba, soplaba una brisa fresca y el lugar vibraba con energía única que renovaba mi vitalidad.

Aura y Patrick se fueron a comprar provisiones; como la buena anfitriona que era, Tara me dijo que podía pasar la mañana nadando o disfrutando como quisiera.

El lugar era muy grande y cómodo, de esos en los que sencillamente sentarse y disfrutar de la brisa era un verdadero placer.

Probablemente Patrick y Aura iban a regresar luego del mediodía, porque cada vez que salía al pueblo a Patrick le gustaba explorar y ver qué cosas nuevas había por ahí; además, como era un hombre a quien nadie apresuraba por nada del mundo, seguramente se tomarían unos vinos luego de las compras y antes de volver a casa.

– *¡Hace un día precioso! Relájate y disfruta; son tus vacaciones*– me dijo Tara, y se sumergió en la alberca.

Era una mujer alta, espléndida, casi de mi estatura y con una complexión sólida.

Cuando la vi nadando me di cuenta que su destreza física; su musculatura probablemente se debía a que hacía mucho deporte. Era ágil y fuerte, pero la proporción de sus caderas y la voluptuosidad de sus senos le daban un toque femenino a su figura tan atlética.

Me metí a la alberca con ella y empezamos a conversar. A pesar de que Tara había nacido en Estados Unidos, hablaba muy bien el español; de hecho, si no la hubiese visto mientras conversaba con Aura, habría podido jurar que se trataba de una mujer hispana.

Además de español e inglés, también hablaba francés, griego y alemán. Le gustaban mucho los idiomas, y aprenderlos era casi un hobby para ella.

Estaba disfrutando de nadar y así estirar un poco mis músculos, pues desde que empezamos el viaje solo se habían ejercitado en la cama. Mientras nadaba, recordaba cómo habíamos hecho el amor Aura y yo la noche anterior; ¡había sido increíble! Cada vez que estábamos juntos era como una primera vez, pero al mismo tiempo mucho más íntima que la anterior.

Tara había salido de la alberca y se había acostado a tomar sol; yo quería seguir nadando, pero ella me llamó para que la acompañara a tomarse un coctel.

No quería parecer descortés, así que salí de la alberca para acostarme junto a ella; sin darme cuenta de que el recuerdo de Aura me había provocado una erección, y solo lo noté cuando ya era muy tarde, pues era evidente que Tara también la había visto.

- *Aura es una mujer verdaderamente afortunada*– me dijo.
- *Debo admitir que el afortunado soy yo* –le respondí, intentando cubrirme mientras desviaba el tema–; *Aura es una mujer increíble; yo soy el que tiene suerte de que se haya fijado en mí, y que incluso haya aceptado casarse conmigo...*
- *Pues entonces son ustedes una pareja maravillosa... Tú eres un hombre muy atractivo, con unas manos fuertes y... Disculpa que sea tan frontal, pero no puedo evitarlo...* Tu traje de baño deja en evidencia que también estás muy bien dotado...

Me sentí avergonzado, sin saber qué responder; por un lado, era un halago importante, pero por otro, el que la esposa de nuestro anfitrión y una de las mejores amigas de mi mujer hiciera ese comentario sobre mí en esa casa donde solo estábamos los dos, me hacía pensar que la situación se podía poner bastante incómoda. Tara comenzó acariciar su copa, y mirándome fijamente me preguntó:

- *¿Me podrías acompañar a preparar la comida? No tienes que hacer nada; solo que me gusta hacerlo mientras tengo una buena conversación... Así estará lista para cuando Patrick y Aura regresen.*

Me sentía intimidado; notaba una ligera tensión sensual entre Tara y yo, y no quería poner en riesgo nuestro viaje y futuro matrimonio por una atracción fortuita y momentánea.

- *Está bien* –le respondí– *Voy primero a darme una ducha y luego te acompañaré en* la cocina.

Mientras el agua fría me corría por el cuerpo yo intentaba poner en orden mis pensamientos y sensaciones; no podía negar que me sentía abrumado y muy excitado con lo que estaba ocurriendo.

Tara era una mujer sumamente atractiva y estaba en ese punto de la madurez en el que su verdadero *sex appeal* es justamente esa atracción que generan porque se saben con experiencia y seguras de sí mismas.

Traté de alargar la ducha tanto tiempo como pude sin parecer un loco, esperando que en ese ínterin Aura y Patrick regresaran con las compras, pero no fue así. No tuve más remedio que acompañar a Tara mientras preparaba la cena.

Tal vez yo había confundido las cosas y no entendía su sentido del humor... Quizás eso no significaba que ella me estuviera seduciendo de ninguna manera... Tal vez sólo se burlaba de mi erección y de los ruidos que seguramente habíamos hecho Aura y yo la noche anterior...

Mientras cocinaba, Tara comenzó a contarme cosas sobre su vida desde jovencita: había estado con Patrick desde muy jóvenes, y luego de la universidad se habían casado.

Llevaban toda una vida juntos, pero él no había sido su única pareja... No sé si fue el vino o el ambiente íntimo que la hizo relajarse y contarme eso, porque yo nunca se lo pregunté, pero la escuché atentamente, pues me parecía una muestra de cortesía.

Tara me dijo que Patrick había sido su primer y único hombre, pero que ella siempre se había sentido atraída también por las mujeres. Estaba convencida de que amaba a Patrick, pero tenía curiosidad por experimentar con otras chicas; por eso cuando estuvieron en la universidad, Tara terminó con Patrick, conflictuada por esa confusión.

Fue un rompimiento que duró tan sólo un par de semanas, pero en ese corto tiempo Tara salió con dos chicas.

La primera fue Lisa, una estudiante de intercambio del Reino Unido; era una chica de piel de azabache, corredora y bailarina, y se conocieron trotando en el campus de la Universidad.

Tara siempre había sido decidida, y para algunos hasta impertinente, porque no tenía reparos al hablar de estos asuntos. Por eso, sin preguntarle a la Lisa acerca de sus inclinaciones y gustos sexuales, un día sencillamente le dijo que quería salir con ella.

Por suerte, Lisa también se había sentido atraída por Tara, y esa misma noche tuvieron una cita que terminó en una fogosa noche de pasión.

Tara estaba fascinada con Lisa, pero también sentía que le hacía falta Patrick; no sabía con certeza si era nostalgia o si se había acostumbrado a él; lo único seguro eran esas ganas inmensas de tenerlos a ambos al mismo tiempo.

En esa confusión, Tara decidió que lo mejor era dejar de ver a Lisa hasta que aclarara sus sentimientos, y nuevamente buscó a Patrick. Él la escuchó atentamente; le parecía emocionante que Tara experimentará con otras chicas, y le aclaró que no había ningún problema en que lo hiciera.

Patrick había comenzado a salir con otra muchacha, una latina llamada Cristina cuya familia venía de Centroamérica; de no haber sido por su nombre, Cristina bien hubiese pasado por filipina. Tara se sintió intrigada por la nueva pareja de su exnovio, así que Patrick decidió que salieran los tres juntos a comer un helado y conversar. Al final de cuentas, Tara seguía siendo su amiga; su mejor amiga.

Lo que no esperaba ninguno de los dos era que Cristina se sintiera tan atraída por Patrick como por Tara, y que además se los dijera. A Tara también le resultó atractiva Cristina, y qué decir de Patrick, que estaba encantado con la idea de tener a las dos chicas al mismo tiempo. Esa tarde, los tres hicieron el amor. Patrick y Tara se dieron cuenta de que querían seguir juntos, pero también descubrieron que podían seguir explorando su sexualidad. Comprendí a cabalidad a qué se refería Aura cuando decía que eran una pareja de mente abierta.

Mientras Tara me narraba aquella historia, yo me debatía entre la sorpresa y la excitación que me producía su relato. Me parecía increíble que ella hablara así, sin tapujos, de su vida sexual.

Patrick y Tara llegaron antes de lo que pensábamos y la cena aún no estaba lista, así que continuamos cocinando mientras ellos nos contaban acerca de su excursión al pueblo.

Disfruté mucho esa velada; me encantaba estar otra vez cerca de Aura, tan cariñosa y afectuosa en ese plácido ambiente. Esa noche nos fuimos a dormir un poco más temprano; me quedé en la cama conversando con Aura y le conté la conversación que había tenido con Tara.

- *Ahora entiendo a lo que te referías con lo de la mente abierta; me sorprende conocer personas así... Es increíble el nivel de madurez e intimidad que debes tener con tu pareja para poder hacer algo de ese estilo.*
- *Eso es lo que ha hecho que su matrimonio dure tanto tiempo, pues los dos saben que la fidelidad y la monogamia son tabúes tontos, y que además no son para todas las personas... Ellos han tenido suerte de conocerse y acompañarse; de poder vivir el amor a su manera... ¿No te parece maravilloso?* –me preguntó.
- *Sí, realmente me parece fascinante, pero insisto: jamás pensé qué podría conocer a gente que pensara de esa manera. Todavía estoy asimilando la idea...*

– *Claro; es comprensible... Por eso es que ellos son mis amigos tan queridos desde hace tanto tiempo. De hecho, la historia de cómo los conocí es muy graciosa, pues Tara se sentía atraída por mí y me invitó a salir... Nunca me han parecido atractivas las mujeres, aunque si me excitan, pero no es algo que me llame demasiado la atención... A pesar de que Tara es una mujer increíblemente atractiva, no me inspiraba tener nada con ella; al menos nada sexual.*

Yo veía como en el campus todo el mundo se sentía atraído por ella, por su magnetismo sexual, que en gran parte era producto de la seguridad que tenía en sí misma... Por eso comencé a frecuentarla; me interesaba ser su amiga, y la verdad es que hicimos click rápidamente...

Luego me presentó a Patrick y salíamos los tres, a veces ellos volvían juntos a casa, a veces volvían con otras personas, a veces cada quien tomaba su camino con alguien distinto y se reencontraban después... Me parecía increíble la libertad en la que vivían; esa misma posición que tenemos con respecto a la libertad sexual es la que nos ha hecho tan amigos...

Se me hacía irresistiblemente interesante la manera en que Aura describía su vida y su forma tan libre de ver el mundo. Eso era ella: una inteligente mujer de mundo, y creo que esa era la parte de ella que más me seducía... su autenticidad era mi seguridad.

– Nos ha hecho creer que la unión de una pareja es una forma de compromiso ligada exclusivamente a la fidelidad. Es una idea absurda que, incluso, va en contra de nuestros instintos naturales. Ser inteligente es ser capaz de poder cuestionar lo que hay a nuestro alrededor sin que eso nos abrume. Por eso existen las ciencias, y por eso también sé que la fidelidad y la monogamia son unas mentiras absurdas... ¿A ti te gustaría que viviéramos en una mentira? –me preguntó Aura; yo no sabía exactamente qué responder.

– ¿Qué quieres decir con eso? –le pregunté– ¿Podrías explicarte mejor?

– Ricardo... Nosotros nos hemos comprometido para casarnos, y siendo sinceros, sabemos que una unión para toda la vida se verá tentada muchas veces por nuestra propia naturaleza... A mí me parece natural, normal, e incluso excitante, que a ti te resulten atractivas otras mujeres...

– Aura... Pero, ¿qué dices? Tú eres la única mujer en mi vida...

– Y tú el único hombre que hay en la mía, pero eso es hoy. Lo que vaya a suceder mañana, no lo sabemos aún. Yo estoy consciente de que te amo; quiero que seas mi esposo y yo quiero ser tu esposa, pero también sé que eventualmente alguna otra mujer te seducirá, o tú te sentirás atraído por alguien más, y yo no quiero que eso sea un obstáculo en nuestra relación; ¡al contrario! A mí me hace feliz que tú seas feliz...

Me sentí un poco aturdido con las palabras de Aura, pero las recuerdo claramente, porque jamás, ni en mis mejores sueños, hubiese podido imaginar que ella me dijera lo que me estaba diciendo... Si es que en realidad yo estaba entendiendo claramente lo que ella decía...

– *Para que esté todo claro: ¿Tú me estás diciendo que si yo me siento atraído por otra mujer, a ti no te importaría que yo hiciera el amor con ella?*

– *Sí... Eso es lo que te estoy diciendo. Yo estoy muy segura de tus sentimientos hacia mí, pero también quiero que disfrutes la vida al máximo. No me podría perdonar que suprimieras tus deseos por complacerme a mí.*

Ese día supe que Aura no sólo era lo mejor que me había pasado en la vida; sencillamente, Aura era perfecta.

11. Secretos compartidos

Faltaban sólo 2 noches para que volviéramos a los Estados Unidos, así que Patrick y Tara decidieron que invitarían a otros amigos y darían una fiesta en honor a nuestra visita.

La reunión fue bastante íntima: solamente había unas diez u once personas más.

Una de las invitadas era Lucía, una chica española de negra cabellera que le llegaba hasta la cintura; tenía un pecho bastante pronunciado que resaltaba bajo su ropa veraniega, y era la relacionista pública de grandes compañías; en ese medio profesional había conocido a Tara y Patrick, de quienes se había hecho asesora y muy buena amiga.

Lucía era muy divertida y yo me sentía especialmente cómodo hablando con ella en español.

- *Es una lástima que vuelvan tan pronto a Estados Unidos* –me decía–; *de haberlo sabido, los habría invitado para que conocieran un poco más de Grecia...*
- *Ya volveremos más adelante, y seguramente habrá oportunidad de explorar y conocer mejor el país. Mientras tanto, tú puedes ir a visitarnos a Estados Unidos ¿Has ido alguna vez?*– le pregunté.
- *Solamente he estado en Nueva York y Boston...*

– *Utah es un lugar bastante tranquilo* –comentó Aura–; *pero de seguro te resultará agradable, así que cuando quieras y necesites unos días de descanso, eres más que bienvenida, ¿no es así Ricardo?*

– *Por supuesto que sí; eres bienvenida cuando quieras...*

La fiesta transcurrió muy amena y nos divertimos bastante; sentí que el tiempo había pasado muy rápido, pues con Aura era imposible aburrirse, y estas dos semanas se me habían hecho muy cortas.

Sin embargo, nos emocionaba retornar a Estados Unidos para comenzar a planificar la boda.

Cuando le platiqué a mi hija que me iba a casar nuevamente, se puso muy contenta; no sé si comprendía a ciencia cierta lo que eso significaba, pero en el momento sentí un gran alivio al ver su reacción.

También tuve que contárselo a Annell, quien el principio no se mostró precisamente feliz, pero no le quedaba otra opción más que aceptar lo que estaba sucediendo: mi vida continuaba, y yo esperaba que la de ella también lo hiciera eventualmente.

Después de mi boda con Aura yo me sentía cada vez más enamorado, si es que acaso eso fuera posible; conforme pasaba el tiempo, ella se ponía más hermosa ante mis ojos.

¡Era impresionante! Nuestro primer año de matrimonio transcurrió felizmente; el trabajo de Aura comenzó a expandirse y se iba haciendo cada vez más demandante, lo cual implicaba que ella tenía que viajar más y estar ausente por ciertos periodos de tiempo.

Al principio solamente se iba por un par de días, y durante ese tiempo tratábamos de mantenernos tan en contacto como nos fuese posible, pero a poco a poco sus viajes se hicieron más frecuentes y más largos. A mí no me molestaba eso, ya que notaba que a ella le hacía feliz escalar nuevas posiciones; era una mujer emprendedora, y eso era extremadamente excitante.

Aura tenía que ausentarse al menos una semana cada mes; yo me comenzaba a acostumbrar, pero la verdad es que me hacía falta cuando se iba, no solamente por mis instintos naturales de hombre, sino por el amor que sentía por ella.

A sabiendas de lo que sucedía, mi esposa trataba de satisfacerme tanto como podía; a veces me dejaba una selección de sus películas porno favoritas para que yo "me entretuviera" mientras esperaba su regreso.

Esa parte de nuestra vida en pareja se me hacía muy excitante; el que ella me mostrara un espacio tan íntimo de su personalidad compartiendo conmigo aquellas cosas que le excitaban me hacía sentirla totalmente mía.

Cuando ponía esas películas, no eran las imágenes ni los sonidos lo que me ponía al tope de la excitación, sino la imagen de Aura tocándose mientras las veía... Eso era lo que realmente me excitaba.

En otros momentos, para mantenernos entretenidos y no caer en la rutina, Aura me sorprendía con una videollamada. Lo hacía cuando estaba en su hotel y se acababa de dar una ducha, mostrándome su cuerpo desnudo y húmedo, como si la llamada hubiese sido un accidente y yo sólo podía contemplar lo que ella hacía, como si la estuviese espiando.

Algunas veces salía del baño totalmente desnuda y recostándose en la cama, comenzaba a llenar su cuerpo de alguna loción. Como si fuese inevitable, ese masaje la llevaba a acariciarse sus senos, su trasero, su entrepierna, y poco a poco aumentaba la intensidad, hasta que inevitablemente ese volcán llamado Aura hacía erupción en un orgasmo delicioso en el que yo me fundía desde mi lado del teléfono.

Me encantaba ese tipo de juegos que se ingeniaba. ¿Cómo podía yo fijarme en alguna otra mujer, cuando esa superestrella había decidido pasar su vida conmigo?

En algún momento pensé que la única manera en que yo pudiera estar con otra mujer sería como parte de algún juego sexual de Aura; bien decía mi padre que uno tiene que cuidar lo que piensa, porque se hace realidad...

Lucía se había comunicado con nosotros, preguntándonos si estaríamos a finales de mayo en Utah. Yo la recordaba claramente: nos habíamos conocido en casa de Tara y Patrick, y me parecía genial que hubiera aceptado nuestra invitación y viniera a visitarnos.

Aura y yo habíamos comprado una casa cómoda y espaciosa en la que podíamos recibir huéspedes sin problema, así que acondicionamos todo para la llegada de nuestra visitante europea.

Cuando Lucía llegó, descubrí que había olvidado lo hermosa que era: alta, delgada, con su larga cabellera negra, unos senos voluptuosos y elegantes, unas piernas torneadas y fuertes que lucían espectaculares en esos tacones que acostumbra a usar.

Al regreso de aquel viaje a Europa, Aura y yo nos divertíamos comentando la fiesta de despedida que nos hicieron Tara y Patrick; fue así como me enteré de que ella y Lucía se conocían mucho más de lo que yo pensaba:

– *Es que ella es preciosa... Fue hace 5 años, o 6... No recuerdo bien. Nos vimos en Barcelona, pues Tara y Patrick me pusieron en contacto con ella. Salimos, nos fuimos de cañas como dicen allá... Una cosa llevó a la otra y no lo pude evitar; me fui a la cama con ella y la pasé delicioso... Es que Lucía es una mujer guapísima y sumamente divertida, ¿no crees?*

– *Sí, es muy guapa –respondí yo mientras intentaba procesar esa información; me resultaba demasiado excitante imaginarme a Aura levemente ebria y risueña en alguna calle de Europa, paseando con Lucía, tonteando y tocando furtivamente sus cuerpos sin poderse resistir la una por la otra.*

– *Y... ¿se besaron nada más?* –le pregunté. No quería delatarme, pero la curiosidad me dominaba; quería saberlo todo, pero no de una manera invasiva ni morbosa, sino más bien en complicidad. Quería que Aura por sí misma compartiera esa parte de ella conmigo.

Al teléfono de Aura llegaron varios mensajes; le escribían de su trabajo: tenía que viajar urgentemente al día siguiente; sería un par de días nada más, pero no se podía posponer ni evitar.

– *No te preocupes mi amor; estaré de regreso en menos de 48 horas, y sé que serás un excelente anfitrión para Lucía.*

En la cena le informamos a Lucía lo que iba a suceder, pero ella ni se inmutó; por el contrario, preguntó si eso significaba que debía cambiar sus planes, a lo que respondimos que no había ningún problema: podía quedarse tranquilamente en la casa, y aunque yo debía ausentarme diariamente para ir a trabajar, ella tendría todas las comodidades de nuestro hogar a su disposición.

Al día siguiente, Aura se levantó muy temprano para irse de viaje. Yo dormí un poco más y luego me levanté para irme a trabajar, pero antes dejé el desayuno preparado para Lucía, quién a esa hora todavía estaba durmiendo.

No la vi hasta que regresé a casa por la noche; era viernes, y aunque estaba cansado, me parecía que lo correcto era llevar a nuestra invitada a algún lugar donde pudiese divertirse.

Cuando llegué a casa ella estaba trabajando en su laptop; hacía mucho calor, por lo que ella estaba muy ligera de ropa; no podía negar que ese vestido tan ligero le quedaba increíblemente bien.

Ella me saludó con dos besos en las mejillas, como acostumbran en Europa. Cuando lo hizo, sentí sus senos apretados contra mi pecho; le pregunté si quería salir a comer algo, ya que era viernes, o tal vez a tomarse algunos tragos, a lo que me respondió que no, que todavía estaba un poco afectada por el cambio de horario y que prefería quedarse en casa.

A mí me pareció perfecto, pues en realidad yo tampoco quería salir. Por cortesía le pregunté si quería algo de vino, y me dijo que eso le parecía perfecto. Abrí una botella, serví las copas y me senté con ella conversar, pero a medida que hablaba y gesticulaba, no podía evitar imaginarla con Aura. Por alguna razón, la imagen de dos mujeres besándose es una de las cosas más excitantes que un hombre pueda imaginar y desear.

Lucía me comenzó a platicar sobre su trabajo como relacionista pública, ya que yo no entendía exactamente en qué consistía lo que hacía; me dijo que se encargaba de personificar la imagen corporativa de algunas empresas.

Era ella la encargada de poner en contacto a personas importantes entre sí, evaluar comunicados de prensa y en general, todo aquello que tuviera que ver con la imagen pública de sus clientes.

Había muchas cosas que, según ella, no me podía contar porque eran confidenciales, pero tenía a su cargo las firmas de de gente famosa; incluso aseguraba entre risas que le parecía divertido cuando le tocaba manejar algún escándalo.

- *No te imaginas la cantidad de cosas que he tenido que sepultar para evitar que la opinión pública se entere de la vida privada de mis clientes...*

  Es que al final, socialmente todos somos unos pacatos; pero más que eso, y peor aún: somos unos hipócritas. La vida sexual de cualquiera es un escándalo... ¡Es tan absurdo! Porque todos disfrutamos de una deliciosa relación sexual, ¿no es así?

- *Sí, claro* –respondí, sin saber hacia dónde se estaba dirigiendo ella con esa conversación.

- *Justo por eso es que digo que somos unos hipócritas... Muchos de los casos de mis clientes están relacionados con infidelidades, porque parece que la sociedad no quiere aceptar que las personas somos por naturaleza promiscuas, o que al menos nos gusta la variedad...*

  Fíjate, por ejemplo, en esta mesa: me has servido queso, uvas, crackers, embutidos, y esto que son así son ... ¡ah, sí! Aceitunas. Y mientras hablamos, hemos ido comiendo de todo. ¿Por qué habríamos de quedarnos con un solo sabor, cuando la variedad es lo más placentero que hay para nuestros sentidos?

– *Ciertamente es así* –le respondí, francamente convencido con su argumento–; *nadie podría vivir comiendo solo uvas o cracker durante toda su vida...*

– *¡Exacto!* –exclamó ella, como si hubiese acertado la respuesta a un programa de concurso– *Justo de eso se trata: de que integremos distintas cosas, porque a pesar de que tengamos una favorita, comer algo que sea distinto resalta las cualidades de eso que tanto nos gusta.*

Sin que me diera tiempo de hacer nada, Lucía quito con un movimiento de sus manos las tiras que sostenían su vestido veraniego sobre sus hombros, dejándolo caer y mostrándome sus turgentes senos mientras se abalanzaba sobre mí...

No sé si fue el vino, la conversación o el momento, pero no pude resistirme... Lucia era hermosa y seductora; desde la primera vez que la vi me pareció tan atractiva... No tuve que hacer nada, pues fue ella quien se sentó sobre mi regazo haciéndome vibrar de excitación y placer; no sólo era una mujer hermosa y sensual, sino que sabía perfectamente lo que hacía cuando se ponía en cada posición. Sin embargo, lo que me tenía enloquecido era imaginarme a Aura ahí con nosotros; esa imagen fue la que me hizo estallar.

Al día siguiente, Lucía me dijo que se iría a pasear, pero yo no quise acompañarla, pues sentía algo de culpa por lo sucedido la noche anterior; le inventé una excusa diciéndoles que tenía que hacer algunas cosas de trabajo.

Ella estuvo fuera todo el día, y yo estuve buscando la manera más sensata de contárselo a Aura; muy en el fondo no sentía que había hecho algo mal, pues ella siempre me decía que no había culpa en el hecho de sentirse atraído por alguien más.

Mi mujer no sólo era hermosa y deliciosa, sino también muy perceptiva. Cuando me llamó para saludarme y decirme a qué hora debía buscarla en el aeropuerto, notó algo extraño en mi voz.

– *¿Qué te sucede amor?* –me preguntó.

– *Tengo que contarte algo, y no sé bien cómo hacerlo…*

– *Cariño, sabes que puedes contarme lo que sea…*

– *Está bien: Anoche estuve hablando con Lucía; nos quedamos conversando, hablando de la vida, y bueno… También estuvimos tomando vino, y no sé realmente si eso es una excusa o la razón de lo que sucedió, pero ella y yo tuvimos sexo…*

Anoche en la casa, y siento que es muy importante que te lo diga, porque sé que lo hemos conversado y me has dicho que la monogamia es un algo absurdo, y que la fidelidad es obligada…

La verdad es que no sé cómo procesar todo esto, porque no me siento mal; no siento que te haya traicionado, pero en parte siento que hice algo malo para alguien…

Aura se rio sutilmente y solo me dijo:

– *¿Me estás queriendo decir que no sabes qué hacer con tu libertad? Discúlpame la comparación, pero parece que fueras como un esclavo de la sociedad que por fin consiguió la llave para liberarse de su jaula y ahora no sabe qué camino tomar…*

Cuando ella me lo puso de esa manera, entendí exactamente todo. La culpa que sentía no era por haber traicionado nuestra relación, porque en ningún momento fue así; la culpa que sentía era parte de esa dosis de moralina que la sociedad nos impone.

Si Lucía estaba tranquila con lo que había pasado la noche anterior, y mi esposa, mi amada Aura, también lo estaba, ¿por qué tenía yo que sentirme mal?

Siendo así, entonces sentir culpa no tenía ningún sentido... Pensé en como ella lo había dicho: por fin había conseguido la llave que me liberaría de una esclavitud de la que ni siquiera sabía que formaba parte… Ahora debía aprender a usar mis alas...

12. El círculo

La visita de Lucía concluyó alegremente; ahora entendía lo liberador que era resolver las tensiones sexuales con los amigos. Veía todo mucho más claramente.

Estábamos de vuelta en nuestra rutina normal; Aura seguía viajando con mucha frecuencia, y yo me esforzaba en mi trabajo, pues quería poder regalarnos próximamente otras vacaciones; sin embargo, había comenzado a tener pensamientos recurrentes que me asaltaban de vez en cuando: ¿Estará ahora con otra persona? ¿Tendrá otras parejas? ¿Será que viaja para ver a algún amante y no realmente por trabajo?

A veces sacudía esas ideas como moscas, pues me parecían una tontería; pero en otras ocasiones molestaban tanto que mientras estaba acostado con ella en la cama sentía un odio y un resentimiento profundo pensando en los amantes secretos que podía tener. Tal vez era verdad que yo no sabía qué hacer con tanta libertad, o sencillamente no me gustaba la idea de que ella también pudiese estar con alguien más...

Tampoco tenía con quién hablar sobre esto, pues los pocos amigos que había hecho en el trabajo tenían una mentalidad tan cerrada que de inmediato se hubiesen reído de mí al saber que mi mujer veía con buenos ojos que cualquiera de los dos tuviéramos sexo con otras personas.

Un día no me pude controlar, y creo que ese fue el punto de quiebre. Mientras Aura se bañaba, revisé su teléfono; tenía días observándola cada vez que lo tomaba, y así pude, después de varios intentos, adivinar la clave. Revisé sus mensajes y llamadas, y aunque yo conocía a la mayoría de las personas de su registro, eso no me daba ninguna seguridad, pues sabía que varios de sus amigos cercanos habían sido sus amantes.

Lo que no adivinaba era cuál de ellos lo estaba siendo actualmente, pero lamentable o afortunadamente, en nuestros teléfonos móviles está toda nuestra información; no tuve que ser un Sherlock Holmes para descubrir que Aura frecuentaba a un compañero de trabajo unos cuantos años menor que ella...

A pesar de todo lo que habíamos conversado sobre tener la mente abierta y entender que todos no estamos hechos para la monogamia, cuando descubrí esos mensajes sentí que un puñal me atravesaba el estómago.

¿Por qué, si todo estaba tan claro y habíamos discutido tan maduramente de todo, me sentía traicionado? No lo entendía...

Tuve un arrebato de celos y deseé que los dos desaparecieran de la faz de la Tierra. No sabía qué hacer primero: si llorar por sentirme traicionado o romper todo lo que tenía a mi alcance, así que traté de calmarme, dejé el teléfono donde estaba y salí de la casa.

Me fui a un bar por una cerveza; Aura me llamó preocupada porque me había ido sin despedirme, cosa que yo jamás hacía, pero le dije que aprovechara su baño relajante y disfrutara con tranquilidad en la casa.

Ella me lo agradeció, y yo colgué.

No quería confrontarla; no quería que me dijera que sí tenía uno, dos, tres o quién sabe cuántos amantes...

Tampoco quería ser hipócrita; mi ideal consistía en imaginar que su cuerpo y su inteligencia, su carisma, su dulzura y su belleza eran sólo para mí... pero la realidad estaba delante de mis ojos, y no podía evadirla.

Comencé a faltar al trabajo; eso nunca había sucedido, pero me sentía tan abrumado y con un desasosiego que no me daba tregua; decidí seguir a Aura a todos los lugares a los que iba para ver si la atrapaba infraganti.

Era una estupidez de mi parte, pues si la confrontaba, ella me diría que esto era parte del contrato que habíamos hecho, y tenía toda la razón: nuestro matrimonio estaba fundamentado en la libertad, y no en los grilletes de la monogamia como todos los demás. Eso lo hacía único.

Sin embargo, si eso era así, ¿por qué yo me sentía estafado? La inseguridad que esto me producía comenzó a afectar todas las áreas de mi vida; yo no era capaz de confrontar a Aura, y ella no entendía qué era lo que me tenía tan irascible...

Varias veces sugirió que pidiera un permiso en mi trabajo para descansar, pero ella no sabía que ya me habían puesto varias notificaciones por haber faltado, así que lo último que podía hacer era pedir una autorización para faltar más...

Mi vida se estaba convirtiendo en algo asfixiante, y no veía cuál podía ser mi escapatoria.

Un día que llevé a Aura al aeropuerto, vi que su compañero de trabajo estaba allí, esperándola, y fue cuando todas las piezas encajaron entre sí. Por fin supe quién era el hombre con el que la compartía; aquel fantasma que me había atormentado por meses ahora tenía un rostro, un cuerpo y un nombre; eso me hizo sentir el más desdichado de los hombres.

Para evitar deprimirme o hacer algo indebido, decidí que lo mejor era irme a mi trabajo y distraer mis pensamientos; cuando Aura volviera de viaje, hablaría con ella y le diría lo mal que me hacía sentir esta situación. Tal vez, si lo hacía con delicadeza y me expresaba bien, ella entendería las razones por las cuales yo quería que fuese sólo para mí...

Sin embargo, eso no fue posible. Justo ese día tuve un pequeño roce con mi jefe en el trabajo, pero eran tantas las emociones mezcladas dentrode mí, que en vez de dialogar sobre el malentendido, lo que hice fue descargar toda mi ira cayéndole a puñetazos.

Fue un espectáculo nefasto; recuerdo que había sangre, y que mis compañeros nos separaron.

Creo que lo dejé mal herido; tuve suerte de no ir preso, pero sí me remitieron a un médico psiquiatra, el cual me diagnosticó un severo desorden por estrés.

Me indicaron reposo y tratamiento, pero yo no necesitaba nada de eso, pues sabía muy bien cuál era la causa y el remedio de mi situación.

Cuando Aura volvió de viaje, me encontró en casa golpeado. Asustada, me preguntó qué había sucedido; estaba muy consternada, pues jamás en mi vida yo había tenido un comportamiento violento con nadie.

Tuve que decirle entre lágrimas todo lo que me estaba atormentando.

Ella comenzó a hablar de nuevo sobre la madurez, lo absurdo de la fidelidad y la monogamia; aunque yo lo entendía en mi intelecto, para mi corazón eran palabras vacías; eso no era lo que yo quería para mí, y de mala manera lo estaba reconociendo.

Mientras ella insistía, algo dentro de mí hizo explosión y comencé a insultarla; lo que le dije no era lo que en realidad sentía, pues yo en verdad la adoraba, pero tenía rabia de la situación, de la imposibilidad de entenderme a mí mismo y de que ella me entendiera.

Sencillamente, descargué mi ira gritándole... Fue el peor error que puede cometer, pues ella nunca me había visto así, y de seguro ante sus ojos debí parecer un monstruo.

En su acostumbrada sensatez, ella hizo lo más lógico que podía hacer: tomar las llaves de su auto y salir de casa, no sin antes llevarse también las mías. De esa manera, cualquier impulso de perseguirla no podría prosperar.

Cuando volví a mis cabales y vi el desastre que había hecho, traté de buscar una solución para arreglar el entuerto; tomé los medicamentos que me indicó el psiquiatra para que me tranquilizaran y me tragué varias pastillas; unos minutos después comencé a sentirme somnoliento...

Lo que me sacó de mi sueño fue la peor llamada que pude haber recibido en toda mi vida: una voz lejana, distante y fría me preguntaba si yo era el esposo de Aura García; me decían que había sufrido un accidente de tránsito y que estaba en el hospital; que debía ir cuanto antes...

Yo aún estaba dopado y no me sentía bien, pero como pude me arreglé, llamé un taxi y me fui al hospital. Jamás pensé que nuestra historia terminaría así.

Me explicaron que Aura había tomado una autopista y que debió haber hecho alguna maniobra equivocada, porque su coche había sido impactado por un camión enorme...

Los doctores me decían que había tenido suerte de encontrarla con vida, pues sus órganos internos estaban demasiado afectados, y que a pesar de todo lo que estaban haciendo no podían prometerme, mucho menos asegurarme que mejoraría...

Rompí a llorar; no podía creer que nada de eso me estuviera sucediendo en ese momento, y sin embargo, era real: estaba ahí, en un frío hospital, sin saber si el amor de mi vida lograría sobrevivir.

Sólo podía llorar y reprocharme a mí mismo, pues me sentía culpable de lo ocurrido, y hasta el día de hoy no me lo perdono.

Estaba devastado. Por supuesto que decidí permanecer en el hospital; la mujer que me enseñó los incontables colores del amor se debatía entre la vida y la muerte, y yo quería estar cerca por cualquier eventualidad. No tenía el valor de regresar a la casa sin Aura.

Durante esos días comencé a tener un sueño recurrente: Veía a una anciana que parecía ser alguna sacerdotisa, una chamana cuya tribu o etnia no lograba identificar; era una mujer mayor y siempre me hablaba en un tono calmado y grave. Me decía que yo era el único capaz de salvar la vida de mi mujer, y que para curarla debía montarme en un caballo recio de color negro a las 12 de la noche para irme hacia un lago enorme y cristalino que estaba escondido en medio de un bosque. En el borde de ese lago encontraría unas florecitas moradas; ella me las mostraba... Eran hermosas y brillantes; sus pétalos parecían como pequeños cojines, acolchados y muy suaves al tacto ...

La anciana me decía que debía recolectar esas flores justo al amanecer, pues si lo hacía en las horas de oscuridad o durante el día, las flores se dañarían y podían envenenar a mi amada. Luego, debía esperar a que pasara el día, acampando en ese lugar sin que nadie me viera.

Ella me recalcaba siempre eso: que todo lo que me indicaba que yo tenía que hacer, debía suceder sin que absolutamente nadie me viera; por eso, tanto el caballo como mi ropa debían ser totalmente negros. Cuando se hiciera de noche, debía esperar nuevamente a que el reloj marcara las 12 para irme del lugar, y luego, al llegar a casa, debía machacar en un mortero los pétalos que había recogido hasta hacer una pasta que tendría el color púrpura de las flores. La anciana me decía:

– *Esta receta es muy potente, pero el organismo de tu esposa está muy debilitado, así que debes hacer otra cosa antes de darle el remedio: Vas a buscar un cordero, el más pequeño, sano e inocente que consigas, y con tus propias manos, deberás sacrificarlo. Esto debes hacerlo tú solo, sin ayuda de nadie más y sin que nadie te vea. Luego debes tomar las cuatro patas del animal y limpiarlas bien, de manera que solo te quedes con la carne magra del corderito.*

  Hecho esto, deberás trocearlo para que luego, sin ningún otro tipo de aderezo ni aliño, adobes la carne con la pasta que has hecho con los pétalos de las flores moradas, y esto deberás cocinarlo solo un poco para dárselo de comer a tu amada. Debes asegurarte de que ella ingiera cada uno de estos pedacitos hasta que se termine todo el cordero; esa deberá ser la única comida de ese día.

Lo que llevó a tu esposa a estar al borde de la muerte fue el veneno de tu rabia; ella necesita la pureza del cordero para poder sanar; la carne tierna de un animal inocente va a absorber todo el mal que le está haciendo daño al organismo de Aura, y las flores moradas sanarán cualquier herida o laceración en su cuerpo lastimado.

Cada vez que despertaba del sueño, procuraba indagar cual era el lago al que la anciana se refería y cuáles podían ser esas flores moradas con las que haría el remedio que salvaría mi esposa...

No sé cuántos días estuve buscando; me montaba en mi coche y comenzaba a recorrer infinidad de lugares, esperando ver alguno que se pareciera al de mis sueños, rogando que la realidad me diera una pista sobre el lago, las flores, el caballo y el cordero...

Uno de esos días, al regresar de mi excursión, me encontré con que Aura había vuelto en sí; entré corriendo a la habitación donde se encontraba, y en efecto, por fin había abierto los ojos, pero parecía ausente. Los médicos me explicaron que eso era normal después de haber estado varios días en coma; sin embargo, fueron muy insistentes en advertirme que no estaban seguros de cuál pudiera ser su evolución, y que ya no podían hacer más nada por ella allí.

Luego del largo periodo de incertidumbre que vivimos, logré traerme a Aura a nuestro hogar. Parecía un sueño tenerla de nuevo en casa; me sentía terriblemente culpable, y lo único que quería era borrar de su memoria todas mis estupideces de las últimas semanas.

A pesar verla tan débil, cada vez que sonreía volvía a aparecer en ella ese brillo que me enamoró desde el principio.

Esa noche decidí que le iba a dedicar todo mi tiempo hasta verla recuperada por completo. Le preparé una cena muy ligera, y le propuse disfrutar juntos una copia de la película que habíamos visto por separado el día que nos conocimos.

Ella me miró unos segundos, y sonriendo me respondió:

– *¿Por qué mejor no hablamos de nuestra propia película?*

– *¡Estoy de acuerdo!* –le dije, y así lo hicimos.

Ella me enumeró una a una todas las cosas que tanto disfrutaba hacer conmigo, y que mis celos estúpidos me habían hecho olvidar. Pude darme cuenta de cuánto la había descuidado en los últimos tiempos y que por eso la estaba perdiendo, pero pudimos conversarlo y volvimos felices a nuestro idilio. Esa noche ella se durmió plácidamente, como nunca.

En los días siguientes sentí que por fin recuperaba el orden en mi vida; estaba dedicado a cuidar de Aura, a mimarla y hacerle sentir todo el amor que desbordaba en mí por ella: tomar una ducha juntos, compartir una botella de vino y bailar sin que nadie nos viera, cenar en la cama después de hacer el amor...

Son cosas que todo hombre disfruta compartir con la mujer que le hace vibrar la piel y el corazón, y que ambos estábamos felices de volver a experimentar.

No me separaba de ella ni un instante; sólo salía de casa para hacer las compras indispensables y regresaba rápidamente para continuar nuestra segunda Luna de Miel, que parecía un sueño.

Al tercer día de la charla que nos devolvió nuestro amor, cuando disfrutábamos el uno del otro en fogosa intimidad, tocaron a la puerta. Demás está decir que en ese momento nada hubiera podido ser más inoportuno que una visita; sin embargo, era tan insistente la forma de llamar que decidí asomarme a la entrada a ver quién era, y al abrir me preguntaron:

– *¿Es usted el Sr. Ricardo Hernández?*

– *Sí...*

Sin que yo pudiera hacer nada para impedirlo, sin comunicarme nada y con total violencia, me tomaron del brazo y me trajeron por la fuerza a este lugar frío en el que me encuentro hoy encerrado, separándome de Aura.

Llevo ya algunas semanas en este horrible lugar. Todo aquí me molesta. Extraño a mi Aura. ¡Estoy tan preocupado por ella!

Sólo me tranquiliza estar frente a esta ventana. Desde aquí puedo ver a Aura... en la playa, con nuestros hijos jugando en la arena... ¡Ahí están...!

No quieren que me acerque a la ventana; no entienden que desde aquí, al menos puedo verlos... ¿Por qué no me dejan ir a jugar con ellos, si están tan cerca?...

Sólo tendría que asomarme al otro lado del cristal, y correr a su lado... Son estos médicos con sus pastillas los que no me dejan estar cerca de mi Aura y nuestros hijos.

Estoy preocupado. Quizás Aura haya tenido una recaída; por eso sigo aferrado al sueño recurrente que tenía cuando ella aún estaba en el hospital. Sé que tengo la capacidad de curarla; aquella anciana me lo dijo... ¡Tengo que creerle!

Dicen que si me porto bien y tomo mis medicamentos me dejarán salir, pero ya me he dado cuenta que no puedo contarles mis planes, porque según ellos, son imposibles...

Por eso, he actuado sigilosamente. ¡No tenemos idea de lo curiosos que son los giros de la vida...! Resulta que en el jardín de este lugar donde me tienen, hay un pequeño pozo; no es muy profundo, pero si es bastante ancho, y ya las vi... ¡Ahí están las florecitas moradas...! Aunque sus pétalos no son como los de mis sueños, se parecen bastante, y estoy seguro de que funcionarán para curar a mi amada...

Lo bueno es que, teniéndolas tan cerca, no necesitaré un caballo negro para ir hasta ellas, aunque probablemente tenga que usar una capa oscura que me permita deslizarme sigilosamente durante la noche y buscar las que necesito. Una como la que usa el vigilante nocturno...

En otras oportunidades no lo he logrado, pero esta vez tengo el plan perfecto: esta noche, después de recoger las flores,huiré por esta ventana, y si alguien se me enfrenta tendré que hacer uso del cuchillo que me robé de la cocina esta mañana...

Me gustaría poder hacerlo sin presiones, pero no me dejan alternativa. Sé que no me dejarán, pues ellos dicen que debo pasar un tiempo largo aquí.

No me importa; igual me arriesgaré, porque ella me necesita, ella me está esperando ahí, detrás de esta ventana.

Los médicos insisten en que el amor de mi vida está en un lugar mejor y que debo aceptarlo; creo que solo me lo dicen para que bandone la idea de querer verla. ¡Solo quieren alejarnos!

Nunca les creeré; es imposible lo que me dicen; Aura no pudo haber muerto tres días antes que me trajeran aquí... Es imposible...

¡No les creeré jamás!

www.ingramcontent.com/pod-product-compliance
Lightning Source LLC
LaVergne TN
LVHW091009080826
845145LV00003B/1194